英国紳士との秘めた絆

ミシェル・メイジャー 作

大田朋子 訳

ハーレクイン・ディザイア

東京・ロンドン・トロント・パリ・ニューヨーク・アムステルダム
ハンブルク・ストックホルム・ミラノ・シドニー・マドリッド・ワルシャワ
ブダペスト・リオデジャネイロ・ルクセンブルク・フリブール・ムンバイ

FORTUNE'S SPECIAL DELIVERY

by Michelle Major

Special thanks and acknowledgment to Michelle Major
for her contribution to the
Fortunes of Texas: All Fortune's Children continuity.

Published by Harlequin Japan,
a Division of K.K. HarperCollins Japan, 2018

ミシェル・メイジャー

平野の多いオハイオで育ったせいか、山での生活に憧れを抱いた。ジャーナリズムの学位を取得して卒業後すぐに車で西へ向かい、コロラドに定住。すてきな夫と2人の子供、もふもふしたペット、お行儀のいい爬虫類とともに暮らす。ハッピーエンドの物語を夢中で執筆できることに感謝している。

主要登場人物

アリス・メイヤーズ……………………テキサス州観光局の職員。

フリン……………………………………アリスの息子。

ヘンリーとリン…………………………アリスの両親。

メレディス・ドーン……………………アリスの親友で同僚。

アマンダ・ピアソン……………………アリスの上司。

チャールズ・フォーチュン・チェスターフィールド……英国政府観光庁の職員。愛称チャーリー。

ルーシー…………………………………チャールズの妹。

チェイス…………………………………ルーシーの夫。

サー・サイモン…………………………チャールズの亡父。

ジョゼフィン……………………………チャールズの母。

オーランド・メンドーサ………………ジョゼフィンの恋人。

ケイト・フォーチュン…………………フォーチュン一族の女家長。

1

わざわざテキサスに来るくらいなら、ロンドンにいればよかったのに」ルーシーはぴしゃりと言った。

「ぼくだって喜んでるんだよ」チャールズは妹の手をつかんだ。「だから真っ先にオースティンに来たんだ。お前とチェイスはいい夫婦になるよ。彼がお前を深く愛しているのは確かだ」ルーシーは初恋の人であり夫であるテキサスの石油王チェイス・パーカーと再び結ばれた。今ほど幸せそうな妹を、チャールズは見たことがない。先月、ルーシーとチェイスがまだ婚姻中であることが発覚するまで、彼女が十七歳で衝動的な結婚をしたことを知る人はほとんどいなかった。チャールズはマスコミに追われる妹の姿に心を痛めたが、結局は真実の愛が勝利した。

昨日ロンドンから到着したチャールズは、まっすぐ広大なパーカー農場へ赴き、チェイスとルーシーと夕食をともにした。時差ぼけがあっても、二人が深く愛し合っていることはわかった。チャールズの

「お前たちの結婚を祝して」

赤ワインのグラスを掲げたチャールズ・フォーチュン・チェスターフィールドは、思わず口もとを緩めた。「いや、未婚を祝してかな？　それとも、離婚？」彼はオースティンのレストランで向かい側に座る妹のルーシーにウィンクをした。四月初旬の中央テキサスは上天気で、憂鬱な雨が続く春のロンドンとは雲泥の差だ。広いパティオのテーブルで新鮮な空気や往来の喧噪《けんそう》を楽しみたいところだが、一家はどこへ行ってもパパラッチに追い回されるので、兄と妹は店の奥の静かなボックス席に収まっていた。

「やめてよ、チャールズ。わたしをからかうために

きょうだいたちが故郷と呼ぶテキサスの小さな町ホースバック・ホロウのニュースは、家族から直ちに伝わってきていた。ルーシーからの情報によると、一族の女家長で美容業界の大物ケイト・フォーチュンがまだオースティンにいて、美容液で築いた企業帝国を引き継ぐ者を探すために、一族の子供たちと会っているらしい。

「チェイスは最高よ。でも、彼に向かって〝ラブリー〟と呼ぶのはお勧めしないわ。そう呼ばれて喜ぶテキサス男はいないから。それより、話はお兄様のことよ」ルーシーは携帯電話を操作して、画面を見せた。英国で人気のタブロイド紙のサイトだ。

〈愛《いと》しのチャーリー卿《きょう》に三度目の正直?〉過去の二度の婚約破棄を当てこすっているのは明らかだ。見出しの下には、チャールズと、すらりとしたブルネット美女の不鮮明な写真が載せられている。

「レディー・カタリーナ・ヘイワース?」ルーシーは眉根を寄せた。「〝ちゃっかりカット〟と結婚するなんて言わないでね。頭が空っぽの美人が好きなのは知ってるけど、彼女は最悪の玉《たま》の輿《こし》狙いよ」

「このあだ名は嫌いだ」チャールズは腹立たしい文字を消そうとするかのように画面を指でなぞった。

「〝ちゃっかりカット〟が?」ルーシーは片手を振った。「きつい言いかたのようだけど、実際――」

「そっちじゃない。カタリーナはそのあだ名が気に入ってるよ。ぼくが言ってるのは〝チャーリー卿〟のほうだ」急な時差ぼけに襲われ、チャールズは手で顔をこすった。「称号がつくのはジェンセンだけだ」母のジョゼフィン・メイ・フォーチュン・チェスターフィールドは、リース・ヘンリー・ヘイズとの愛のない結婚が終わったあと、サー・サイモン・チェスターフィールドと結婚した。「ブローディやオリヴァーは偽の称号をつけられてないのに」二人は母の最初の結婚で生まれた異父兄だ。「それに、二十九歳の男に〝愛しの〟だなんてどうかしてる」

「お兄様は最高にハンサムだもの」ルーシーは同情の笑みを浮かべた。「その愛称はほめ言葉なのよ」

「顔と一族の名声以外はなんの取り柄もないと皮肉っているんだよ。それは否定してもしかたないが」

「充分活躍してるじゃない。ここ一年、お兄様の広告だけで大勢の女性が英国を訪れたはずよ」

チャールズはいら立ちをこらえた。悪いのは自分なのだ。観光客に、彼が〝王族のおもてなし〟を約束するというキャンペーンは、二年前の英国観光庁の会議から始まった。彼はその場に出席してアイディアを出すことになっていたが、前の晩に友人たちとクラブに繰り出し、ひどい頭痛で会議に三十分遅刻した。〝王族のおもてなし〟キャンペーン案は、彼が冗談で出したのだが、英国観光庁はそれを気に入った。何がなんだかわからないうちに、チャールズは活字やテレビの広告のキャラクターになり、タキシードを着て、『００７』のジェームズ・ボンドと『高慢と偏見』のミスター・ダーシーを合わせたイメージで、様々な英国の名所に立っていた。

女王と国のために役立つのはうれしいが、最近、もっと意義のある貢献をしたいと思い始めた。ルーシーは母と同様、様々な慈善団体のために尽力しているし、兄のジェンセンは投資家として成功している。家族の誰もがなんらかの存在意義を持っている。チャールズを除いて。

でも、自分が悪いのだ。長年、お調子者のイメージを作り上げてきたのだから。子供の頃は家族の中の人気者として、いつも両親やきょうだいたちを楽しませ、笑わせた。サー・サイモンが亡くなったあと、自分ががんばって母親を笑顔にしなければと思っていた。それが周囲から期待されていることだった。父親だけはそれ以上のことをチャールズに望んでいたようだったが。

「ここに来たのはそれもある。来週、テキサス観光局との会合があってね。我々はコラボを考えてるんだ。テキサス人とティータイム、みたいな」彼は身を乗り出した。「知ってるか？　予測では今年、三百万人近いアメリカ人が英国を訪れるんだよ」

「そのほとんどが〝王族のおもてなし〟を望んでいるのね？」ルーシーは笑いながら言った。

チャールズは評判を守るべく愛想笑いを浮かべた。

「そうだろうね。逃亡したいよ。それに、マスコミからも逃れなきゃならない。カットとぼくは婚約どころか、ちゃんと付き合ってもいないんだ」

「そのこと、彼女はわかっているの？」

「カットは都合のいいことしか耳に入らないんだ。誤解しないでくれ、彼女はすてきな女性だよ」彼はため息をついた。「みんな、すてきな女性だ」

「でも、お兄様にふさわしい女性？　わたしがチェイスと一緒になって、家族の中で独り者はお兄様だけになったわ。ブローディもオリヴァーもジェンセンもアメリアもホースバック・ホロウで幸せにやっている。ママでさえ、新たな恋を見つけたのに」

「オーランド・メンドーサのことは、ジェンセンから聞いたよ」祝福する気持ちはあるが、チャールズは父以外の男性と付き合う母を想像できなかった。

「ママは生き生きとしているわ」

「それはお前たち二人も同じだよ。でも、ぼくに、この世でただ一人の女性がいるとは思えない」

「それはまだ出会っていないからよ」

「出会った女性ならたくさんいるよ」

「そして、そのほとんどとベッドをともにした」

チャールズはワインをぐいとあおった。「妹を相手に、こんな会話を続けるつもりはない」

「お兄様がその気にさえ――」

その時、チャールズの携帯電話が鳴り、彼は上着のポケットからそれを取り出した。

「留守電にしてよ」ルーシーは顔をしかめた。「わたしのお説教は終わっていないんだから」

チャールズはにやりと笑い、画面を見た。「ごめん、オースティンの局番だ。会合の絡みかもしれない」だが、電話に応じても、相手は無言だった。「もしもし、どなたですか？」彼は問いかけた。

電話を切ろうとしたその時、かすれたか細い声が聞こえた。「もしもし」せき払いのあと、女性の声が尋ねた。「チャールズ？」

「そちらは？」問い返した彼は、もの問いたげなルーシーの視線に気づき、肩をすくめてみせた。

「切ったら」妹はささやいた。

ルーシーの反応は当然だ。電話の相手は記者か、長年一家を追いかけているファンだろう。著名なフォーチュン家との関係が明らかになって以来、追っかけはいちだんと増えた。フォーチュン・チェスターフィールド家の全員がそうであるように、チャールズもプライバシーを守る術《すべ》は身につけている。

だが、電話相手の声にどこか惹《ひ》かれるものがあった。ゆったりしたテキサス訛《なま》りの柔らかな声には緊張が漂っている。大人の女性に人気があるチャールズだが、内気な若い女性はほぼ近寄ってこない。

「アリスです」女性は名乗った。

「アリス」彼は繰り返した。その響きは気に入ったが、アリスという名前には覚えがなかった。

「アリス・メイヤーズです」少し息が切れていた。「突然お電話してごめんなさい。観光局のオフィスであなたの電話番号を調べて――」

そうか。その姿がぱっと頭に浮かんだ。美しいブロンドの髪、長い脚、はにかむような、それでいてセクシーな微笑《ほほえ》み。「覚えているよ」チャールズは口もとが緩むのをルーシーに悟られないようにした。アリスとは、会議のあとに泊まったホテルで至福の夜を過ごした。彼女の電話番号も尋ねた。普段の戯れの恋ではめったにないことだ。残念なことに、翌朝シャワーから出ると、アリスは姿を消していた。

それが今、一年以上もたって、電話してくるとは。実に興味深い。チャールズの笑みが大きくなった。

チャールズは覚えていてくれた。アリスは安堵《あんど》のため息をついた。去年の春、会議のあったホテルのバーで出会う前から、彼のことは知っていた。女性なら、当然みんな知っている。でも、彼がわたしのことを覚えているとは思わなかった。男性の記憶に残ることはめったにないわたしなのに。

あの出会い以来、タブロイド紙で彼の艶聞を追いかけてきた。だから、チャールズが一夜の相手を覚えていたことが驚きだった。女性にとって、彼はまさに英国のマスコットキャラクターなのだから。

「アリス、聞いているのか？」彼のきびきびした口調がアリスの黙想を破った。

「会いたいの」彼女は切り出したが、沈黙に迎えられ、強く唇を噛《か》んだ。突然電話をかけて、こんな大胆な頼みをすれば、ストーカーと思われて当然だわ。

「それはうれしい提案だが」彼はようやく答えた。「今回の訪問はかなり予定が詰まっているんだ」

「重要なことなの」アリスはこみ上げる感情をこらえ、ささやいた。「時間は取らせないわ」

「その謎めいた会談にはどんな意味があるんだ？」

「個人的なことで……お願い、チャールズ」

またしても長い沈黙が流れた。アリスは携帯電話の画面をチェックし、彼が通話を切っていないことを確かめた。切られてもおかしくないわ。ハンサムなうえに裕福で、世界的に有名な彼に、名もないわたしが貴重な時間を要求しているのだから。でも、たとえ断られても、あきらめるわけにはいかないわ。

「明日の朝なら」チャールズはいきなり言った。

「あ、ありがとう」アリスは彼が応じたことに驚いた。携帯電話を握る手が動揺と興奮で震える。「ジルカー公園で会えるかしら。場所はわかる?」

「ああ」

「植物園の入口近くに大きな樫《かし》の木があって、下にベンチがあるの。そこで十時にどう?」

「結構だ。じゃあ、明日の朝に会おう、アリス」

名前を呼ばれ、アリスの下腹部がざわついた。彼が発する言葉の一つ一つが愛撫《あいぶ》のように感じられた。アリスはかぶりを振った。理性を保たなければ。

「じゃあまた、チャールズ。ありがとう」

アリスは携帯電話を耳から離し、じっと見つめた。手がまだ震えている。

「やったわ」アリスはつぶやき、部屋の隅にあるブランコ式のベビーチェアで眠る赤ん坊に目をやった。寝室が二つのアパートで、母子《おやこ》二人で暮らしているが、生後四カ月の息子フリンはとてもよく昼寝をしてくれる。それは、シングルマザーのアリスの生活をほんの少しだけ楽にしてくれていた。

「こっちに来て、全部話して」親友のメレディス・ドーンがキッチンから手招きした。チャールズとのことを知る唯一の人物だ。アリスは勇気を後押ししてほしくて、つい最近親友に秘密を打ち明けたのだ。

「うまくいったわ」アリスは狭いキッチンに入った。「明日の朝、会うことになったの」

「あなたにはこれが必要そうね」メレディスは白ワインのグラスを差し出した。「顔が真っ赤よ。チャールズはあなたのことを思い出したの?」

「ええ。ちょっと間があったけど」

「どうして〝愛しのチャーリー卿〟とかりそめの恋をすることになったか教えて」

「恋なんてものじゃないわ」アリスは勢いづけにワインを飲んだ。「たったひと晩だもの。出会ったのは去年の春、テキサス観光局の年次総会よ。海外展開の目的で、観光局がヨーロッパの国々から代表を招いたの。英国からは、フォーチュン一族を通して テキサスと縁があるチャールズが来たのよ」

メレディスは両眉をうごめかした。「それで、〝王族〟を引っかけたわけ？　やるわね。あなたにそんな才能があったとは思わなかった」

「ないわよ」アリスはあわてて言った。「そんな感じじゃないの。もっと特別なものだったのよ」

「男と女のことは、みんな特別なものよ」

親友を納得させるのが難しいことはわかっている。アリスはテキサス観光局に勤めた初日にメレディスに出会った。マーケティング部門のメレディスは、仕事中もオフの時も社交的なタイプだ。メレディスはたくさんの男性とデートをして、たまに成り行きで関係を持つこともある。一方のアリスは、まったく男性経験がなかった。

チャールズが現れるまでは。

総会の最終日のパーティで出会った時、アリスは自分が彼の目に留まるとは思っていなかった。その場には必死で彼の注意を引こうとするテキサスの女性があふれていた。チャールズに紹介された時、アリスは目を合わせることもできなかった。彼はとてもハンサムで、身長は百七十五センチの彼女よりも数センチ高かった。大金をかけてカットした黒髪は、かき上げる癖のせいで乱れていた。鮮やかな青色の瞳はこちらの心の中まで見透かすかのようだった。

パーティの残りの時間、アリスは彼を眺めて過ごした。常に多くの人に囲まれ、笑いながらジョークを交わす彼は、楽しいことを惹きつける磁石のようだった。アリスとはあらゆる面で正反対だ。途中、ダンスが始まり、出席者たちがホテルのバーへ流れ始めると、アリスは帰り支度を始めた。そこへチャールズが現れ、きみのことをずっと見ていた、二人きりになれるチャンスを待っていたと言った。

信じがたいことだったが、彼はそのあとずっとアリスのそばにいた。二人はいろいろな話をした。意外にも彼はアリスと同様、喧噪から逃れたいようだった。そして、彼が自分の部屋へアリスを招き……。

「避妊具は？　最初から使わなかったの？　ちゃんと教えたはずよ」メレディスが責め立てた。

「使ったわ」アリスは弱々しく反論した。「でも、妊娠したの。百パーセントじゃないし、二年も取っておいたのがあまり賢明じゃなかったってことね」

メレディスに出会ってすぐ、アリスは酔った勢いで、二十五歳でまだヴァージンであることをこぼした。十代の頃は内気で不器用だったし、大学時代は授業に集中していた。いつか理想の男性に出会えると思っていたけれど、いっこうに現れなかった。可能な相手で手を打つべきかもしれない。社交的な友人の協力を期待するアリスに、メレディスは最初に、財布に入れておく避妊具を手渡したのだった。

それはチャールズとの夜までずっとそのままになっていた。彼も避妊具は持っていたが、アリスが自分のものを使うと言い張った。それはアリスにとって通過儀礼のようなものだった。たったひと晩の、いや、ひと晩に二回のことだったが。翌朝ホテルを離れた時、アリスの財布はぐっと軽く感じられた。

わずか六週間後、朝食のたびに戻すようになり、アリスは自分の愚かさを思い知ったのだった。

「つまり、フリンはフォーチュン家の人間なのよね」メレディスはかしこまった口調で言った。

再び手が震え出し、アリスはワイングラスを置いた。「あの子はわたしの子供よ。わたしのものなの」

アリスにとって、フリンはすべてだった。

「だけど、チャールズに伝えるんでしょう」

「彼には知る権利があるわ。でも、関わりたくもないと思うかもしれない。彼の評判はみんなが知っているでしょう。フリンとわたしがチャールズに会うのは、きっと明日が最後になると思うわ」

2

翌朝は四月のオースティンらしく、晴れて暖かかった。ルーシーが農場に招いてくれたが、チャールズはフォーシーズンズホテルに部屋を取っていた。ダウンタウンの雰囲気が好きだし、一人の時間も大切だからだ。じきに気温も湿度も上がるだろうが、今は快適なので、レディーバード湖に面したホテルからジルカー公園まで歩くことにした。

ランニングをする男女、ベビーカーに子供を乗せた母親、通りに並ぶ木や花。チャールズは注目を集めることなく散歩を楽しんだ。驚いて見返す者も少しはいたが、声をかけてくる者はいなかった。ロンドンでは、住まいから角のコーヒーショップへ行く間ですら、カメラのフラッシュをたかれてしまう。

これほどリラックスするのは久しぶりだった。やがて植物園の入口の前に、はっとするようなブロンド女性が座っているのが目に入った。

アリス・メイヤーズ。

そう、彼女だ。アリスは携帯電話を操作していた。一年前と変わらず美しいが、少し体に丸みが出た今のほうがいい。髪は後ろでふんわりとまとめられ、ほつれ髪が頬にかかっていた。白くなめらかな肌と対照的な官能的な唇。あの唇にひと晩じゅうキスをして、それでも飽きることはなかった。

突然よみがえった記憶に驚き、チャールズは髪をかき上げた。アリスがなぜこんなにたってから連絡してきたのかわからない。ゆっくりと近づき、彼女が顔を上げるのを待つ。柔らかなピンクのシルクのブラウス、ぴったりとしたジーンズ。複雑なデザインのストラップのサンダルは見たことがないほど美しかった。出会った夜に履いていたハイヒールもユニークなものだった。見事な靴が彼女の代名詞のように思えて、チャールズはなぜかうれしかった。

ほぼ真ん前まで来た時、アリスがようやく携帯電話から目を上げた。大きなはしばみ色の目が見開かれ、頬がうっすらと染まる。

「チャールズ」アリスはささやくように言い、ぱっと立ち上がって、彼に向かって片手を差し出した。

直前までは握手のつもりだったが、チャールズは彼女の手を取るなり、口もとへ運んでキスをした。

「おはよう、アリス」

「おはよう。来てくれてありがとう」アリスのほっそりした首の脈が激しく打っていた。

「電話をくれてうれしいよ」自分が面倒見のいいタイプだとは思わないが、今のアリスには励ましが必要そうだ。彼女は何かを打ち明けようとしている。

「本当に？」アリスは疑わしげだった。

「本当だよ」チャールズはとびきりの笑みで応えた。

「去年のことはつかの間ではあったけど、一緒に過ごせて楽しかった。もしきみが――」甲高い泣き声が彼の言葉をさえぎった。

アリスがベンチわきのベビーカーのほうを向いた。チャールズは一心に彼女を見つめていたので、今までその存在に気づかなかった。アリスがベビーカーのカバーを上げると、赤ん坊が二人を見上げていた。

「息子よ。おしゃぶりが外れちゃったみたい」アリスは再び泣き出そうとした赤ん坊の口に手際よくおしゃぶりを当てた。赤ん坊はそれに吸いつくと、すぐに安心したように行き交う人々を眺め始めた。

「そこに小さな王子がいたんだね」彼はベビーカーに近づいた。「ところで、この子はいくつなんだ？」

「四カ月よ」アリスはささやいた。「この子は……わたしのすべてなの」

「その気持ちはわかるよ」きょうだいたちに子供が

できて初めて、自分が子供好きだということに気づいた。ただ、おむつ替えが必要な時は、すぐに親に返している。チャールズはベビーカーにかがみ込んだ。明るく澄んだ青い瞳で彼を見上げる赤ん坊は、この年頃の時の甥《おい》のオリーによく似ていた。胸が締めつけられるのを感じ、チャールズは黒髪の赤ん坊をさらに見つめた。彼はよろよろと後ずさった。

「この子は親戚の子供たちにそっくりだ」アリスと目が合う。「この子はぼくにそっくりだ」

アリスは彼を見つめた。不安から安堵《あんど》まで様々な感情が入り交じったまなざしで。アリスは激しい風に吹き飛ばされまいとするかのように、ベビーカーのハンドルを握りしめた。「そうよ」気まずい間のあと、アリスは言った。「この子はあなたの子よ」

ささやき声がチャールズの頭にこだました。ぼくに子供がいる。息子がいる。ぼくが父親になった。なんだか信じられない。多くの女性と付き合ってきたが、ちゃんと気をつけていた。常に、必ず……。

「どうしてそういうことになったんだ?」

赤ん坊がまた声をあげ、アリスは抱き上げてあやした。「通常の過程で、というのかしら」わびるように微笑《ほほえ》む。「総会があったあの晩に――」

「あの晩のことなら覚えているよ」チャールズは声を荒らげた。「でも、避妊しただろう。ぼくの記憶だと、最初の避妊具はきみのものだった」

アリスは顔を真っ赤にしてうなずき、赤ん坊を胸にしっかり抱いたまま、ベンチに腰を下ろした。

「ずっと取っておいたものなの。初めての時に使うために。それが間違いだったのよ」

間違いというのは、古い避妊具のことか、それとも、初めての相手にぼくを選んだことか。アリスが不慣れなのは明らかだったが、まったくの未経験だということとは、彼女の中に押し入るまでわからなかった。アリスも楽しめるようにできるだけ優しくしようとしたが、それまでに経験したことがないほどの激しい欲望に突き動かされてしまったのだった。

彼の沈黙を勘違いして、アリスは続けた。「わざとじゃないのよ、信じて、チャールズ。あなたがDNA鑑定を望むなら、それもしかたないと思うわ」

チャールズはフリンを見た。この子はぼくの子だ。驚きはしたが、アリスの言葉に嘘《うそ》はないと、心の中ではわかっている。「鑑定はいらない」

「あなたを困らせようなんて思っていないわ。ただ、あなたには知らせるべきだと考えただけよ」

「なぜ今なんだ？」相反する感情を抱えたチャールズはじっとしていられず、ベンチの前を行ったり来たりしていた。「一年前に知らせてほしかった」

「知らせたら、どうしていたの？」

チャールズは足を止めて考え、それからアリスのほうを向いた。自分でも気づかない気持ちを、彼女が読み取っているような気がした。

アリスは顎を上げ、肩をいからせた。「あなたがどんな人で、どんな暮らしをしているかはわかってる」内気で臆病な女性は突然姿を消し、強気で手ごわい母親に取って代わった。アリスは赤ん坊を抱き直し、身を乗り出した。「妊娠がわかった時から、わたしはこの子を愛していたわ。誰がどう思おうと、わたしはこの子の母親になるつもりだった」

彼女の決意のまなざしには緊張がにじんでいた。アリスのような女性がシングルマザーになる選択をしたことで、どれほど苦労してきたか。妊娠中や出産の時は誰が支えてくれたのだろう？　知っていたら、ぼくがその役割を引き受けていたのだろうか？

「この子を望まないなんて言ってない」知らされていなかったことへの怒りは、わき起こったとたんに消えた。チャールズはアリスの隣に座り、赤ん坊の小さな頭を指でたどって、柔らかな黒髪に触れた。

「望んでいるとも言わなかったわ」

チャールズはうなずいた。「ひどくショックだったことは認める。きみのことをあまりよく知らないが、初対面の男との一夜限りの情事は、きみが子供を産むために計画した方法ではないと思う」

アリスは疲れた笑い声をもらした。「計画したことなんて一つもないわ。でも、こうしてこの子がここにいる。すべてこのままでいいと思っているわ」

「この子の名前は？」

「フリンよ。フリン・デイヴィス・メイヤーズ」

「力強い名前だ。気に入ったよ。これからはフリン・デイヴィス・フォーチュン・チェスターフィールドになるけどね」チャールズは目を閉じ、混乱する考えをまとめようとした。「最初にぼくに知らせなかった理由はほぼ理解できたが、出産後に……」

「本当にごめんなさい」アリスはチャールズの腕にそっと片手を置いた。「家族や友人には大反対されたわ。妊娠したことを信じてもらえなかったし、みんな、独りで育てるなんて無理だと言ったわ」フリンがむずかり、アリスはチャールズから手を放して、息子を抱き寄せた。赤ん坊が再び目を閉じる。「でも、母親になることですべてが変わると思ったの」

アリスは愛《いと》しげに息子を眺めた。その愛の輪に加わりたくて、チャールズは本能的に体を寄せた。

「母になってわたしは変わったわ。成長したし、強くなった。独りにも慣れたわ。自分に自信が持てたから、ほかの道は考えられなかった。それが……」

「それが？」体を寄せたことで、チャールズは、アリスのシャンプーがヴァニラの香りだとわかった。

「先月、美容室にカットに行って、あなたの写真が載った古いタブロイド紙を見たの」

チャールズは顔をしかめた。「どんな記事か知らないが、それが真実かどうかは大いに疑わしいよ」

アリスが笑った。すると、フリンがぱっと目を開け、魅せられたように母親の顔を一心に見つめた。

チャールズは母子《おやこ》の絆《きずな》を目の当たりにした。ぼくはこの子と、父と子らしい関係を築けるだろうか？

「あなたが姪《めい》のクレメンタインを抱いている写真だったわ。写真の赤ちゃんはフリンと同じ年頃だった。その写真のあなたがすごく……」アリスは探るように彼の顔を眺め、期待の微笑みを浮かべた。

「びくびくしていたんだろう」

「自然だったのよ。赤ちゃんを抱くあなたの姿はすごく自然だった。うれしくてたまらない感じで」

「クレメンタインはかわいい赤ん坊なんだ」

「その写真を見て、あなたにフリンを会わせないのは間違ってる気がしたわ。ごめんなさい。驚かせたことも、知らせずにいたことも。さっきも言ったけど、あなたに何かを期待しているわけじゃないの」

慰めの言葉なのはわかったが、それは傷口に塩を塗るようなものだった。ぼくに何かを期待した者はいない。笑いやただ酒や快楽以外は。ずっとそれでいいと思ってきた。でも今は……今回は違う。

「抱っこしてみる？」アリスが優しく尋ねた。

彼は危うくノーと言いそうになった。膝の上にのせて跳ねさせたあとは親に返せばいい姪や甥と、フリンは違う。ぼくは父親なのだ。自然というわけにはいかない。それでも彼は赤ん坊に手を伸ばした。

「リラックスして」アリスが励ました。「上手よ」

チャールズは赤ん坊を胸に抱き寄せて揺すった。

フリンはあくびをしながら伸びをして、まばたきをした。目と目が合った瞬間、チャールズは世界が音をたてて変化した気がした。ずっと求め続けてきた人生の意義がここにある。パウダーのにおいのする小さな体。ぼくは今この手に息子を抱いている。

彼は赤ん坊を抱きしめ、額にそっとキスをした。

チャールズがフリンにキスをした瞬間、アリスは息をのんだ。周囲の世界がぐるぐると回り始めた。

彼は顔を上げた。「何かまずいことをしたか?」

アリスはかぶりを振った。「全然。ただ、あなたがこんなにすぐフリンを好きになると思わなくて……」息子がいると知った時のチャールズの反応について、アリスの予想は明らかに的外れだった。

チャールズがテキサスにいると知った時、アリスは義務感と罪の意識から彼に電話をかけた。だが、なぜそれまで彼に連絡せずにいたかを自覚していなかった。問題は、子供がいると知った時の彼の反応ではなく、チャールズに対する自分の反応だった。

たったひと晩一緒に過ごしただけなのに、今日、目の前に立ったチャールズを見上げたとたん、抗《あらが》いがたい魅力に引きつけられ、彼への思いが燃え上がった。細いスラックス、高価そうなローファー、ぴったりとした黒いシャツ。いかにも英国人らしいきちんとした格好の彼は相変わらずハンサムだった。

太陽が高くなり、気温が上がり始めていた。アリスは背中に汗が伝うのを感じた。チャールズはまるでこれから外国の首脳に会うかのようにさっそうとしていた。高級でスパイシーな香りに誘われ、アリスは彼にすり寄り、キスをせがみたいと思った。

なんてばかなの。

この一年間、チャールズはわたしのことなんて一瞬も考えなかったみたい。わたしのほうは夢にまで出てくる彼を必死に頭から締め出そうとしてきたのに。でも、生身のチャールズは幻の彼よりもはるかに手ごわい。こんなにあっさりフリンに愛情を示す様子を見て、わたしはとろけそうな気分になった。

ただ、こうなると前途多難だ。アリスはフリンとのごく普通の生活が気に入っていた。

「ぼくの父はすばらしい人だった」チャールズは視線を赤ん坊に向けた。「ぼくが知る誰より気高く、寛大で、優しい人だった。父にはとても及ばないが、見習いたいと思ってる。ぼくはフリンにきちんと向き合っていくつもりだ。それだけは約束する」

アリスは黙ってうなずいた。胸がいっぱいで言葉が出ない。自然とフリンに向かって手が伸びた。我が子の重みを腕に感じて落ち着きたかったのだ。チャールズは赤ん坊を彼女に手渡した。指と指が触れ、その感触がアリスの爪先まで伝わり、肌をうずかせた。アリスは自分を抑えようとして立ち上がると、フリンをベビーカーに戻し、チャールズのほうを向いた。「そろそろ行かなきゃ。会ってくれてありがとう。あなたの気持ちはありがたいけど——」

「明日電話する」チャールズも立ち上がった。「いろいろ準備したり、書類を作ったりしないと」彼はベビーカーのハンドルに手をかけた。自信に満ちた、所有者然とした態度だ。のんきなように見えて、彼は賢く抜け目ないうえに、洋の東西を問わず強力なコネを持っている。アリスはそれを、観光局との彼の仕事ぶりからわかっていた。彼が何かを欲しいと思ったら、それを止めることはほぼ不可能だ。

「もし気が変わったら、それでもいいのよ」アリスはあわてて言った。息子の父親に何を望んでいるのか、自分でもわからなくなった。彼に対する自分の反応も、人生が変化してしまうことも不安だった。

「変わらないよ」チャールズはフリンの額にキスをした時と同じようにアリスの頬にキスをした。冷静でいなければいけない今この時に、一度のたわいないキスがアリスをとろけさせた。「ありがとう、アリス。電話をくれて。今日ですべてが変わったよ」

「さようなら、チャールズ」アリスは必要以上に強くベビーカーのハンドルを握りしめた。チャールズが後ずさると、アリスはくるりと向きを変え、車に向かった。耳に彼の言葉がこだましていた。

確かに、すべてが変わったわ。それがわたしにとってどういう意味を持つことになるのかしら。

3

「わたしはなんておばかさんなの？」その夜、アリスはメレディスにこぼした。二人でアリスのアパートに戻り、フリンを寝かしつけたところだった。

「セクシーな男の魅力がそうさせるのよ」メレディスはワイングラスを掲げてみせた。「それに英国訛《なま》りが加われば、ホルモンが騒ぐのも当然だわ」

「彼はフリンの父親になりたがってるわ」アリスはグラスを口に運んだが、そのままテーブルに戻した。チャールズに会って以後、頭ががんがんする。

「それが望みだったんじゃないの？」

「いいえ……そうね……自分が何を望んでるのかわからない。疲れすぎて、頭がちゃんと働かないの」

「仕事への復帰はなかなか大変だったものね」

「仕事は好きだけど、フリンがいる今は以前のようにはいかないのよ」産休が一カ月ちょっと前に終わり、アリスはテキサス観光局の仕事に復帰した。オースティン郊外に拠点を置く観光局で働いて三年あまり、アリスは社交性に欠ける分を、細やかさや市場に対する理解、ニーズを見極める力で補っていた。だが、子育てとの両立で慢性的な睡眠不足になっていては、その能力を発揮させるのも難しい。

アリスは週二日在宅で仕事ができるように調整していた。優しい老婦人のナニーも見つけ、残りの二日はナニーに、一日は母親にフリンを預けた。それでも、ほぼ毎日夜明け前に起きていたし、フリンの睡眠パターンが時々乱れ、休んだ気がしなかった。

「チャールズが子供のことをこんなにあっさり受け入れると思わなかったわ。父親には会わせてあげたいけど、あの子はわたしの息子よ」アリスは声を詰まらせた。「彼が共同親権を求めたらどうなるの？　一年に何カ月間か、フリンを英国に連れていかれたら？」理不尽な言い分なのはわかっていても、どうしようもない。母親になれたことは人生最大の幸福だった。フリンを寝かしつけない夜も、赤ん坊のにおいを感じない朝も、まるで想像ができない。

「彼に、三人で家族になりたいと言われたら？」

アリスは鼻で笑った。「ばかなことを言わないで。チャールズはフリンにしか興味ないわ。わたしのことなんて、最初は思い出しもしなかった。ベッドに連れ込んだ、星の数ほどいる女の一人なのよ」

「自分を見くびらないで。あなたは最高にきれいよ。どこへ行っても、男性の視線を集めているわ」

「チャールズの視線は感じたわ。ただ、たったひと晩の、一年以上前のことよ。わたしは疲れとストレスを抱えて、妊娠太りが五キロも残ってる。男性のことなんて考えられないわ。でも、けさは彼を意識してしまって、ろくに話せなかった。どうやったら冷静でいられるかしら。わたしの望みはただ……」

「彼を押し倒すことだけ？」

アリスは声をあげて笑った。緊張にのみ込まれそうになっていたところに、メレディスの冗談が気持ちを楽にしてくれた。「今のわたしは母親なのよ」

ここ最近で唯一アリスが女としての自分を意識したのがチャールズと会った時だった。生きていることを実感し、普段とは違う自分を感じた。体は熱くうずき、さらなるものを求めた。だが、彼に対して反応するのはフェロモンのような生物学的なものだ。

「チャールズがどうするつもりか確かめるまで油断はできない。わたしはフリンが何より大切なのよ」

「チャールズにチャンスは与えないと」メレディスは二人のグラスを手に立ち上がった。「フリンのために」キッチンへ行き、グラスをシンクに置く。

アリスも続いてキッチンに入った。「今夜はありがとう。友達に話を聞いてもらえてよかった」

「どういたしまして」メレディスはアリスを抱きしめた。「もう行かないと。ダウンタウンのバーで仲間と飲むのよ。シッターを頼んで参加しない？」

アリスは顔をしかめた。「もう九時だもの」

「まだ宵の口じゃない」

「わたしには違うの。くたくただし、もう目覚ましを明日の朝五時に合わせているから」

「じゃあ、オフィスでね」メレディスは言った。

アリスは友人を見送り、ため息をついた。チャールズは今夜何をしているのかしら。ダウンタウンのバーにいるとか？　女性とディナーの最中とか？

彼なら相手には事欠かないだろうし、彼が普段好む女性たちと比べたら、自分に勝ち目がないのもわかっている。フリンのためにまた会うことになるだろうが、アリスはそれ以上を望んでしまう自分が腹立たしかった。息子のために強くならなければいけない時に、チャールズに惹《ひ》かれて弱気になるなんて。

アリスはフリンの部屋に入り、ベビーベッドに近づいた。フリンは仰向けで、こちらに顔を向けて眠っている。その無垢《むく》な姿に、胸がいっぱいになった。この子にはできる限りのことをしてやりたい。だから、時間外労働をし、自分のことはそっちのけで、懸命に働いている。それが母としての務めだから。

チャールズからの連絡を待つのよ。彼に対する思いを全力で抑え込んで。わたしの唯一のアイデンティティは母親であること。それ以外になろうなんてばかなことを考えても、誰のためにもならないわ。

翌朝早く、チャールズはホテルのスイートのベッドに横たわったまま、朝日を受けて徐々に明るくなる窓を眺めていた。途切れ途切れにしか眠れず、眠りに落ちても数分後には冷や汗をかいて目が覚めた。暗闇の中、様々な不安や後悔が浮かび、一つの重要な言葉へと集約されていく。

〝父親〟

何を考えていたんだ？　フリンの人生に関わりたいとアリスに言うなんて。彼女は喜んで見逃してくれそうだったのに。責任逃れはぼくの得意技じゃないか。仕事でも楽な道を選んで成功してきた。世界を飛び回り、高官や金持ちや有名人と握手し、様々なパーティに出席して、カメラに向かって微笑《ほほえ》み、英国観光産業の役に立ってきた。

ビジネスや慈善事業にエネルギーと労働意欲を際限なく注《つ》ぎ込むきょうだいたちとはまるで違う。たとえ浅薄な生きかたに嫌気が差していても、それがぼくの取り柄なのだ。プレイボーイ役なら楽にこなせる。気にするほどのリスクもない。気にしなければ、傷つくことも、誰かを失望させることもない。

フリンとアリスは違う。二人の存在がある意味、ひどくリスクを増大させた。親になってもライフスタイルが変わらない人々がいるのは確かだ。名門私立学校時代の友人たちは看護師やナニーや家政婦を雇い、子供たちを預けて、以前と変わらず妻とパーティや旅行に出かけている。それは英国の上流階級の昔からの伝統だが、サー・サイモンとレディー・ジョゼフィンの子育てとはかけ離れている。

両親は家族中心の生活を送り、愛情と笑いと大量の忍耐をもって子供たちを育て、強い絆《きずな》を築いた。

特別手のかかる子供だったことは自覚している。チャールズはきょうだいたちを巻き込んでは、いたずらばかりしていた。どれも悪気のないものだったし、両親の忍耐の限界を超えるいたずらをしても、二人の無条件の愛を疑ったことは一度もなかった。

きょうだいとその配偶者たちも両親と同じような考えで子育てをしていて、一族が設けるハードルは高い。チャールズは今回初めて、その基準に従って生活する必要を感じた。

ただ、そのやりかたさえわかればいいのだが。

にわか家庭人としての初歩も知らないし、不安なのはフリンのことだけではない。一年前からやってきたブロンド美女がときおり頭にちらつく。アリスに再会した瞬間、頭を殴られたような気がし、入念に培ってきた自制心がたちまち崩れた。息子の母親だからだと自分に言い聞かせたが、それだけではない気がする。彼女の存在は、考えたこともない問題に対する答えなのかもしれない。

チャールズはナイトテーブルの携帯電話を手に取り、急いでルーシーにメールを送った。この人生の一大事を家族に打ち明けるのは気が進まないが、遅かれ早かれればれることになる。こういう仲良し家族の中で何かを秘密にするのは不可能なことなのだ。

だが、妹はチェイス・パーカーとの結婚を十年も隠し続けてきた。厳密に言うと、ルーシーは結婚が成立直後に無効になったと思っていたのだが……。

ルーシーから即座に返信があり、一時間後に朝食をともにすることになった。チャールズはなんとかベッドを出て、熱いシャワーを浴びた。

彼がホテルのレストランで三杯目のコーヒーを飲み始めた時、妹が向かい側の椅子に腰を下ろした。

「お招きいただいたのはなんのためかしら?」ルーシーはテーブルの上で両手を組んだ。「今ごろはホースバック・ホロウに向かっているはずでしょう」

「予定が変わったんだ」チャールズはテーブルの下で脚を揺らした。この会話の前にカフェインをとりすぎたのはよくなかったかもしれない。

「〝王族〟の観光事業の仕事ね」ルーシーはにんまり笑い、ゴブレットの水を飲んだ。

「ぼくには息子がいる」チャールズはそう言うと、妹がむせ込み、目を丸くしてナプキンを口に当てたのを見て、少しだけ溜飲《りゅういん》を下げた。

「どうして……いつ……誰が……?」

ウエイターがテーブルに近づいてきたので、彼はメニューをちらりと見た。「ぼくはエッグベネディクトをもらおう。お前はどうする、ルーシー?」

ルーシーは身動き一つせず、口をぽかんと開けたままチャールズを見つめていた。

「彼女には紅茶とグラノーラとヨーグルトを頼む」

ウエイターはけげんな顔でうなずいて立ち去った。

チャールズはコーヒーカップを持ち上げたが、そのまま元に戻した。頭がまだ混乱している。彼が顔の前で指を振ると、ルーシーは目をぱちくりさせた。

「最初に、どの質問に答えてほしいんだ」

ルーシーはナプキンで口を拭い、身を乗り出した。

「どうしてそういうことになったの?」

チャールズは思わず口もとを緩めた。最初にアリスにぶつけた質問そのままだ。「通常の過程で」

「その子はいくつなの?」

「生後四カ月」

「それで、母親は?」

「正確には知らないが、二十代半ばかな」

「これはまじめな話なのよ、チャールズ」

「大丈夫だよ、ルーシー。ちゃんとわかっている」

「その母親はいったい誰なの?」

「名前はアリス・メイヤーズ」

「この前一緒にいた時に、電話してきた女性?」

「そうだ。オースティンに住んでいて、ぼくが来ていることを耳にしたそうだ」

「どうして今まで子供のことを黙っていたの?」

「ぼくが関わりを望まないと思ったようだ。ぼくが関わることを彼女が望んでいるのかさえわからない。彼女は独りで立派にやっているようだし」

「本当に……」ウエイターが紅茶を運んできた。

「ぼくの子かって?」ウエイターが立ち去ると、彼は続けた。「ああ。名前はフリン。ぼくにそっくりだし、そんな年頃の時のオリーによく似てる」

ルーシーはティーバッグに熱湯を注ぎながら、兄と目を合わせた。「それでも……そのアリス・メイヤーズのことはどれくらい知ってるの？　よくいる遊び相手の一人なら、証拠が必要よ。鑑定を――」

「アリスは申し出たが、ぼくが断った」アリスの大きな目と優しげな微笑みを思い浮かべ、チャールズは深呼吸した。「間違いない。ぼくが父親だ」

「それで、どうするの？」

料理が届き、彼が答えを考える時間が一分ほどあった。「うちの顧問弁護士に電話を入れた」彼は卵にかぶりついた。「まずやらなければならないのは、子供に関する規定を設けることだ」

「父親になるには、規定を設けるだけじゃだめよ」

「それはわかってる。でも、とにかく前に進まなきゃならない。勘弁してくれよ、ルーシー。ぼくだって結構ショックを受けたんだから」

ルーシーはうなずいた。「アリス・メイヤーズが何も求めていないなら、選択肢はほかにもあるわ」

「どんな選択肢だ？」急に胃がもたれてきて、チャールズはほとんど食べていない料理の上にナプキンを放った。「息子に対する責任を放棄しろというのか？」彼はいら立った。まさにさっき自分が考えていたことだ。子供は責任を伴うが、誰もが知るチャールズは責任を引き受けるような人間ではない。

でも、今はちゃんとした父親になりたいと思っている。そうなれると誰かに信じてほしい。

「お兄様は責任を放棄したりしないわ」ルーシーは優しく言った。「これまでの暮らしぶりはよく知っているけど、心根は優しい人だから。それに、お父様の息子だもの。立派にことを進められるわよ」

妹の言葉は自信を喪失したチャールズの心をいやしてくれた。ルーシーの言うとおりだ。ぼくにはサー・サイモンという最高のお手本がある。それにしても、どこから始めたものか。「あの子はすごく小さいんだ。柔らかくて、かわいらしくて」

ルーシーが顔をしかめた。「写真はないの？」

チャールズはかぶりを振った。「写真を撮るような気持ちの余裕はなかったよ。でも、オースティンに滞在して、フリンのことをよく知ろうと思う」

「アリスのことは？」

「必要とあらば、ぼくがフリンの人生に関わるのにふさわしい人間だと、彼女に証明するつもりだ」

「わたしが言ってるのは、この件でアリスがどういう立場になるかよ。母親と赤ん坊はひとまとめのようなものよ。アリスのことはどう思っているの？」

「アリスは……」たったひと晩過ごしただけの女性のことが頭から離れない。アリスは外見が美しいだけでなく、人間的にもすばらしく、愛され、大切にされるべき女性だ。ひざまずいて指輪を差し出し、永遠の愛を誓うべき相手だ。ぼくは父親にはなれたとしても、生涯の伴侶というタイプではない。「ぼくのような人間にはすばらしすぎる女性だよ」

「そうやっていつも自分を過小評価するんだから」

「現実主義者なんだ。自分を知っているんだよ」

「今までの自分でしょう。ここは英国じゃないわ。テキサスは新たなスタートに最適な場所よ」

「一歩ずつ着実に進むよ」

「赤ん坊だけでなく、アリスとの距離も縮めてね」

「もちろん。三人で一緒に過ごすつもりだ。ぼく一人で赤ん坊を連れ回すなんてとても無理だからね」

ルーシーは目をむいた。「お兄様の周りにはロンドン塔より高い壁があるわ。彼女のことをよく知って、彼女にもこっちのことをよく知ってもらうの。〝愛《いと》しのチャーリー卿《きょう》〟だけでなく本当の姿を」

「〝王族のおもてなし〟以上のものがぼくにあるのか？」冗談のつもりが必死な口調になっていた。

「あるわ」ルーシーは重々しく言った。

チャールズは妹の言葉が正しいことを祈った。

4

その日の午後、アリスがフリンにミルクを与え終えたところに、玄関のベルが鳴った。今朝チャールズから次の段階について話し合いたいというメールがあり、アリスはそれ以来ずっとおろおろしていた。

どういう話かしら？　フリンの母親としての権利はあっても、資産もないわたしがフォーチュン・チェスターフィールド家の力にかなうはずがないわ。

アリスは空の哺乳瓶をシンクに置き、玄関へ向かった。お気に入りのウェッジサンダルを履いていても、足取りが一歩ずつ重くなっていく。白黒の縞《しま》模様で、ストラップには輝くクリスタルがはめ込まれている。身長は充分足りているが、ヒールの高い靴を履くとわずかながらも自信がわいてくるのだ。

アリスは覚悟を決め、ゆっくりドアを開けた。あいにく、チャールズの魅力の前ではどんな守りも役に立たなかった。黒いスラックスにこぎれいなボタンダウンのシャツという格好の彼がほんの一瞬だけ微笑《ほほえ》み、アリスは唇を噛《か》んでうめきをこらえた。

「やあ、アリス」英国訛《なま》りにアリスの体がとろけかけたその時、フリンが盛大にげっぷをした。

アリスはフリンの背中をさすり、わきにどいた。「どうぞ」チャールズの足もとには大量の袋や包みがあった。「おもちゃ屋に強盗にでも入ったの？」

チャールズは微笑み、襟を正した。「勝手ながら、男の子が必要そうなものを選んでみた」

フリンが再びげっぷをした。アリスは肩にかけた布に温かいものが垂れるのを感じた。フリンを見やると、頬が吐き出したミルクにまみれている。「拭くから待って」アリスはあわてて言った。チャールズの表情は笑い半分、嫌悪半分という感じだった。

アリスは子供部屋に向かうと、すばやくフリンの顔を拭き、着替えをさせた。チャールズが子育てにきちんと関わっていくつもりなら、汚れ仕事にも慣れなければならない。それでも、今は息子に対してチャールズにいい印象を抱いてほしかった。

リビングに戻ると、狭い室内の半分が玩具や育児用品で埋まっていた。妊娠した時に買ったのは必要最小限のものだ。節約のためでもあったし、アパートはダウンタウン西部のおしゃれな地域にあり、職場にも近いが、広さがあまりないからだ。

「あれはティーボールのセット？」アリスはフリンを片腕に抱きながら、大きな包みを指さした。

「野球はアメリカ人の娯楽だろう。ぼくもフリンと一緒に始めてみようと思ったんだ」

アリスは思わず微笑んだ。「フリンがボールとグローブを使えるようになるまで数年かかるわ」

「時間ならある」チャールズの口調は真剣だった。「当分ここに留《とど》まるつもりだ。いろいろ手探りの状態だが、きみがチャンスをくれたら努力するよ」

彼がフリンのことを話しているのはわかっていたが、アリスはそれ以上を望む自分を抑えきれなかった。この一年、問題なくやってきたし、出産を乗り越え、独りでフリンを育てていく決心もしていた。

チャールズはわたしに分不相応な望みを抱かせるわ。フリンにとって正しい選択――重要なのはそれだけよ。やっぱり男の子には父親が必要だわ。わたしの父はよそよそしくて不器用ながら、優しくていい祖父だけれど、テキサス大学オースティン校で歴史学の終身教授となったヘンリー・メイヤーズが野球や釣りを孫に教えることはないでしょうね。

見た目は堅苦しい英国人でも、チャールズは男の中の男だ。馬に乗ったり、釣りをしたり、息子が興味を持ったら習わせたいとアリスが思う様々なことをする姿がインターネットの画像にあった。

「妊娠がわかったとたん、赤ちゃんがわたしのすべてになったの。この子のためなら何でもできるって。あなたには知らせないほうがいいと思ったわ。あなたも家族や友人たちと同じように、わたし独りで子育てするのは無理だって言いそうだから」アリスはフリンの頭に頬を押しつけた。「それができると証明したかったの。みんなに対して、自分自身に対して。あなたは手探りの状態だって言ってたけど、初めて親になればみんなそうよ。育児書や記事を読みあさって、週末ごとに講習に通って、準備万全だと思っても、初めて赤ちゃんを抱く瞬間の心構えなんてできない。小さな我が子を家に連れ帰って、自分にはほかの命に対する責任があるんだと実感するのよ。たった四カ月で、わたしは多くのことを学んだけど、教えたり教わったりできないことが一つあるわ。それは誰かを愛することよ。親ががんばるのは愛があるから。人生を変えるほど深い子供への愛が、眠れない夜や不安のすべてを価値あるものに変えるの」アリスは足を一歩踏み出した。チャールズは目を丸くし、彼女とフリンを見比べている。「お父様はすばらしい方だったのね。あなたが絆《きずな》の強い家庭で育ったことはわかる。あなたは愛を知っているわ、チャールズ。すぐにとはいかなくても、あなたはいい父親になる。フリンは幸運だと思うわ」アリスは微笑み、彼に向かって赤ん坊を差し出した。

誰かに信頼されたいと、自分がどれほど思っていたか、チャールズはアリスの言葉を聞いて初めて気づいた。この女性はぼくのことをほとんど知らないのに、周囲が思い込んでいるうわべの人物像にとらわれず、張り巡らせた壁の奥の心を見抜いたのだ。

チャールズはフリンに手を伸ばした。本当は母子《おやこ》一緒に抱きしめたい。アリスの優しさを自分にも分けてほしい。だが、彼女が受け入れてくれたのは息子のためなのだとわかっていた。

チャールズはひじを曲げてフリンの体を支えると、小さな頭の後ろに手を当て、息子を抱き上げた。フリンの濃い青色の目がチャールズの顔を見つめた。目と目が合い、やがてフリンが身をくねらせ、小さなバラのつぼみのような唇を緩めて微笑んだ。

チャールズは小さな微笑みの威力にうろたえ、息をのんだ。「おなかにガスがたまっているのか」

アリスが笑った。「あなたに笑いかけているのよ。いつも機嫌のいい子なの」あくびをこらえる。「夜通しは寝てくれないけど、機嫌はいいのよ」

チャールズは赤ん坊を抱いたまま、ただ突っ立っていた。「これからどうすればいいんだ?」

アリスが再び笑った。「話しかけたり、弾ませてあげたり。姪《めい》や甥《おい》と何も変わらないのよ」

「違う。この子はぼくの子なんだから」

アリスは床にひざまずいた。「この贈り物の山の中にこの子が歩き始める前に使えるものがある?」

ああ、おもちゃか。「きっとあるよ。なあ、フリン?」チャールズは赤ん坊を抱き寄せ、首に息を吹きかけてくすぐった。フリンがのどを鳴らして笑った。こんな心地よい音を聞いたのは初めてだ。「それなんかどうかな」彼は大きな紙袋を指さし、アリスの隣に腰を下ろした。「アクティビティジムなんだ。生後四カ月の子にぴったりだそうだよ」アリスをちらりと見る。「もう持っていたかな?」

「まだよ」アリスははにかみながら袋に手を伸ばしたが、フリンがブーという音を発し、手を止めた。

赤ん坊の顔が真っ赤になっていた。「ミルクを消化したのか」彼はあわててフリンを両手で掲げた。

赤ん坊は足をばたつかせてのどを鳴らしたが、そのお尻からは間違えようのないにおいが漂っていた。

「こっちによこして」アリスは急いで立ち上がった。

「すぐに戻ってくるわ」

　アリスがフリンと一緒に寝室へ消えると、チャールズは安堵《あんど》のため息をついた。父親一日目でおむつ替えをする覚悟はできていなかった。代わりに、アクティビティジムを箱から出し、柔らかいマットの上に交差するアーチを組み立て、おもちゃを取りつけた。アリスとフリンが戻ってきた時、チャールズは電動モビールに電池を入れているところだった。

　アリスはしゃがみ込んで、フリンをアーチの下に仰向けに寝かせた。フリンはすぐに両足をばたつかせ、ぶら下がったおもちゃを両手で叩《たた》き始めた。

「もうコツをつかんだのか」チャールズは誇らしげに言った。「賢い子だ。遺伝かな、父親……」アリスが片眉をつり上げた。「両親からの」

「もちろんよ」アリスはにやりとした。

　アリスが笑ってくれるとうれしかった。自分でも意外だったが、チャールズは歓声をあげて遊ぶフリンを眺め、満ち足りた気分を味わっていた。アリスは床に座り、両脚を前に投げ出している。チャールズは彼女を抱き寄せ、その息遣いを感じたいと思った。だが、自分がアリスに求めているのはただの同志としての情だけではないとわかっていた。

　彼はジムの反対側に移動し、アリスのサンダルのストラップを指でたどった。「これ、いいね」

「わたしも気に入ってるの。こんなに靴好きじゃなかったら、もっとお金が貯《た》まるんだろうけど」

「お金のことはもう心配しなくていい。きみとフリンのことはぼくが面倒を見るから」

　アリスはさっと両足を引っ込めた。「そんなことを言ってるんじゃないわ。あなたはわたしになんの借りもないのよ、チャールズ」

「きみはぼくの子供の母親だ、アリス。ぼくがそれを無視すると本気で思っているのか？」

「あなたに経済的支援は求めていないわ」

「それでも、ぼくが支援することには変わりない」

アリスは唇を噛み、フリンに近づいて小さな足をなでた。「わたしからこの子を奪うつもり？」

「そうじゃない」チャールズは即座に答え、彼女の手を握った。「アリス、ぼくを見てくれ」

アリスは疑わしげに彼を見上げた。

「どうしてそんなふうに思うんだ？」

「あなたがお金も力も持っているうえに英国人だからよ。テキサスはあなたの故郷じゃないもの」

チャールズは小さく笑った。「すぐに第二の故郷になるよ。家族のほとんどはここに住んでいるし」

「でも、いつかは英国に帰るでしょう」

チャールズはうなずいた。

「フリンと離れるなんて無理よ。まだこんなに小さいのよ。それに、この子はわたしのすべてなの」

「そんなつもりはない」アリスを笑顔にしたいと思う気持ちと同じくらい、こんな悲しい顔をさせたくないと思う気持ちが強かった。「予定を変えて、オースティンに三週間いることにした。そのあと次の段階について答えを出したい。でも、きみからフリンを奪うつもりはない。約束するよ、アリス」

アリスが震えながらうなずき、目もとを拭った。

チャールズは彼女に近づき、濡《ぬ》れた頬を親指の腹でたどった。「泣かないで、スウィートハート」

「ごめんなさい。わたし、疲れていて……」

「謝らないで」チャールズは唇が触れるくらい二人の顔を近づけた。「これから助け合っていく同志じゃないか。ぼくたち三人は一つのチームなんだよ」

「チーム？」アリスがかすれ声で言い、チャールズは思わず彼女の唇の端をついばんだ。

「チーム・フォーチュン・チェスターフィールドだ」チャールズはアリスにキスをした。柔らかく従順な唇が彼の唇を受け入れ、ぴったり重なった。新鮮で、それでいて懐かしい感触が彼の記憶をよみがえらせた。あの夜のアリスの愛撫《あいぶ》は初々しく、最高にエロティックだった。チャールズは柔らかなブロンドの髪をなで、アリスを胸に抱いた感触を思い出した。キスを深めていいのか迷っているかのように、アリスがおずおずと舌を絡めてきた。

アリスに何を求めているのか、チャールズは言葉にできなかった。頭が混乱して考えがまとまらない。体には欲望があふれている。それは理解できる。だが、心の中に何か普段とはちょっと違うものを感じ、彼はぱっと唇を離した。多くの女性と関わってきたが、心の壁が揺らいだことはなかった。

アリスが現れるまでは。

「もう帰らないと」チャールズはよろよろと立ち上がった。「ちょっと……用が……明日電話するよ」

アリスが呆然《ぼうぜん》と彼を見上げ、唇に手を当てた。さっきまでそこに彼の唇が押しつけられていたことが信じられないかのようだった。いったいどうしたんだ？　アリスはぼくを信じると言って、父親になるチャンスをくれたのに。キスをしたのはぼくのほうからなのに。名うてのプレイボーイも形無しだ。まるで初めて恋をした小僧っ子じゃないか。

「おもちゃをありがとう」しばらく間があってから、アリスが言った。

「どういたしまして」チャールズは玄関に向かいながら髪をかき上げた。「必要なら、ほかにも――」

「結構よ」彼女はジムの下でうとうとし始めたフリンを見て立ち上がった。「充分すぎるほどだわ」

アリスは両手をきつくこぶしに握っている。ぼくを家から押し出したいのをこらえているかのようだ。そうだとしても当然の報いだろう。

「電話するよ」チャールズは繰り返し、玄関に向かったが、そこでくるりと振り向き、ひざまずいて、フリンのまるまるとした手に触れた。「バイバイ、おちびさん。楽しい夢を見るんだよ」

5

翌日の夕方、アリスは楡《にれ》の木陰に立ち、メルセデスのセダンが路肩に停《と》まるのを眺めた。朝、チャールズは約束どおり電話をよこし、彼女とフリンに会うため、ランチ持参でアパートに来ると言ったのだ。

昨日のキスの件があり、アリスは彼と二人で会う自信がなかった。息子に父親を与えたいけれど、わたしとフリンは彼と釣り合うかしら？　何よりフリンの利益を優先すべきだと、アリスは自分に言い聞かせてきたが、体に言い聞かせるのが難しくなってきた。キスをされた時、それがとても自然に思え、体によみがえってきた感覚に浸りたいと思った。

チャールズがフリンへの面会権以上のものを望むと思うなんて、ばかげているわ。わたしのような女が彼のような人に何を与えられるというの？

女として求められているなどという期待は、彼がいきなり唇を離したあの時に粉々になった。チャールズに出会うまでの二十五年と、あの夜からの一年あまり、男性との付き合いがなかった。だから、彼に対する欲求に圧倒されてしまうのかもしれない。

フリンがいるのでめったに独りにはならないが、母になったことで、もともと不本意に変化のない生活の孤独度が増した。それでも、アリスは自分が干からびた生活をしているからといって、チャールズとフリンとのもろい絆《きずな》を断つつもりはなかった。

そう考えると、チャールズとは外で会うのが一番いい。ただ、身元がばれないようにする必要はある。人々の多くは、彼が予定どおりホースバック・ホロウへ向かったと思っている。オースティンはダラスやヒューストンのようにカウボーイだらけではないが、チャールズが地元民に紛れ込むのは難しい。アリスはそれを今日なんとかしたいと思った。

「行き先をもう一度教えてくれ」チャールズは彼女に近づいた。気温は二十五度近かったが、彼はぴったりとした黒いセーターとテーパードスラックスという姿だった。アメリカ人でないことは一目瞭然だ。

「ショッピングモールよ」アリスはチャールズとの距離を保つため、フリン用のチャイルドシートを抱えた。「バートン・クリーク・スクエアはここから遠くないわ。あなたには新しい服が必要よ」

チャールズはセーターの前をなでながら片眉をつり上げた。「ぼくの服のどこに問題があるんだ？」

「身元がばれても構わないならいいけど。あなたの格好は英国人そのものだから」

「確かにぼくは英国人だ」

「だから、オースティンにいる数週間はアメリカ人風にするのよ。わたしに任せて、チャールズ」

「ぼくはジーンズを身につけるつもりはない」彼はつぶやき、アリスを笑わせた。

「ジーンズはなしでも、カウボーイハットはね」

チャールズはおびえたように彼女を見た。

「冗談よ」アリスはチャールズをからかうのが楽しかった。「大学生や音楽業界の人が多いから、オースティンのファッションはカジュアルなのよ。テキサスのほかの地域みたいなカウボーイ色は強くないから、大丈夫」アリスはアパートのわきの歩道へ向かった。「わたしの車は裏の駐車場にあるの」

「ぼくの車で行こう」

「チャイルドシート用のベースがないでしょう」

チャールズは得意げに微笑《ほほえ》んだ。「ホテルのコンシェルジュに相談して、準備しておいたよ」

アリスはほっとしたが、懸命にその気遣いにほだされまいとした。チャールズがチャイルドシートを受け取り、その拍子に二人の指が触れ合った。

「やあ、おちびさん」チャールズは日よけを上げた。

彼に応えるように、フリンがのどを鳴らす。

「車のトランクからベビーカーを持ってくるわ。部屋が狭いから、使わない時は車に置いているの」

「男の子には走り回る庭が必要だよ、アリス」

「フリンが走り回るまでにはまだ間があるわ」

「きみさえよければ――」

「このアパートで充分よ」アリスは片手を上げた。「お願い、ものごとは一歩ずつ進めましょう」

「わかった。きみの車までぼくの車で行こう」彼はリモコンでエンジンをかけ、後部座席にチャイルドシートを取りつけた。彼女が運転せずに母子《おやこ》で車に乗るのは、出産後の退院時に父の車に乗って以来だ。

チャールズがドアを支え、アリスは上等な革製のシートに乗り込み、おむつバッグを膝にのせた。

「きみはいつもヒールのある靴を履いてるのか？」

「できる限りね。これは低いほうよ」今日は水玉模様のエスパドリーユで、ヒールは三センチほどだ。

「すてきだよ」彼はさらりと言ってから、アリスの体をまじまじと見つめ、彼女の肌をざわめかせた。

「ありがとう」彼は車のドアを閉め、運転席側に回った。アリスは呼吸に意識を集中したものの、頭は混乱したままだった。車は新しかったが、かすかにチャールズの香りが漂っていた。彼が運転席に乗り込むと、アリスの動揺はさらに激しくなった。

「暑いかな？」彼は車内の温度を調節した。

アリスは息をのんだ。暑いって？　わたしが何を感じているか知ったら、彼はわたしたちを歩道に放り出すわ。「大丈夫よ」必死に普通の声を出した。

ベビーカーを積み込むと、車はそこから十分ほどの距離のバートン・クリーク・スクエアへ向かった。

「アメリカに来ても、ショッピングモールには立ち入らないようにしてきた」チャールズは苦笑した。

「これが初体験ってことね」

彼はウインクをした。「きみの望みとあらば」

アリスは声をあげて笑った。チャールズがそばにいることに徐々に慣れてきた。狭い部屋で一緒にいるよりも車で出かけるほうがずっと親密度が低いけれど、こうしていると、なんだか本当の家族になったような気がしてしまう。アリスはその危険な思い違いをわきに押しのけた。「ノードストローム百貨店のそばに地下駐車場があるの。そこから入って」

「ノードストロームはぼくも聞いたことがあるよ」

「こっちに来た時はいつも何をしているの？」

「友達や家族に会うとか。テキサスのことはよく知らないんだ。母がフォーチュン家の人間だとわかるまでは、ほとんど西海岸で過ごしていたから」

「フォーチュン家に適応するのは大変だった？」

「ある意味ではね」車は駐車場のスロープを下った。

「でも、昔から大家族だったし、いとこが増えるのはうれしかった。フォーチュン家の悪名はありがたくないが、なんとか折り合いをつけているよ」

「ケイト・フォーチュンがまだオースティンにいるそうね。先週、地元紙で彼女の写真を見たけど、まさに、アンチエイジング美容液の歩く広告塔だわ」

彼は伏し目がちに視線をそらした。「ぼくはまだ会ったことがないんだ」

「時間の問題でしょう」ケイト・フォーチュンの話題にはなぜか気を遣わなければならない気がした。

「どうかな」彼は空いている場所に車を停めた。

「妹のルーシーの話だと、ケイトは自分が引退したあとに会社を継がせるのにふさわしい人物を探すために一族の面々に会っているそうだ」

「あなたも候補者なの？」

彼はかぶりを振った。「まだ何も。オースティンに来て一週間近いが、彼女からはなんの連絡もない。化粧品会社を経営したいわけじゃないけど……」

「けど、ノーと言うチャンスが欲しいのね」

チャールズは口もとを緩めた。「正直、選ばれなくて自尊心がうずいてる。ばかみたいだろう？」

「全然」アリスも気持ちは理解できた。ケイト・フォーチュンに無視され、傷ついたのは自尊心だけではないだろう。「あなたは最高の選択肢だもの」

「フォーチュン一族の化粧品会社で働く気はない」ハンドルを片手で叩《たた》き、アリスを振り返る。「でも、なぜぼくにその仕事ができると思うんだ？」

「あなたは賢くて人当たりもいいでしょう。直感も鋭いから、いい経営者になると思うわ」

「接待の予定を調整するぐらいしかできないよ」

「そんなふうに思われようとしているだけでしょう」アリスはかぶりを振った。「気を遣っていることを認めるより楽だからよね。でも、わたしは去年、総会でのあなたを見ていたのよ、チャールズ」

「ぼくもきみを見ていたよ」彼は声を潜めた。

「やめて」気をそらそうとしているのだと察し、アリスは彼の腕を突いた。「これは真剣な話なのよ」

「ぼくはどんな時もなるべく真剣にならないようにしている。それはみんなが知っていることだ」

「それは仮面よ。本当のあなたは違う。お気楽なふりをしているけど、そんなことがさりげなくできる人はほかにいないわ。総会の時も、あなたは何を言えば場が和むかわかっていた。人それぞれの要望に耳を傾け、英国の旅について話してくれたわ」アリスは総会後の夜のことを思い出してしまい、おむつバッグを抱え直して気持ちをそらした。「あそこにいたのは観光のプロばかりよ。どんなに巧みだとしてもセールストークには乗らないわ。だけど、みんなあなたの話に引き込まれてしまった」

チャールズはしばらくじっとアリスを見つめていた。いつもの屈託のない表情は消え、世間が知る彼とは違う男がそこにいた。用心しないと、アリスの心は簡単に奪われてしまいそうだった。

「きみもそうだった？」チャールズはきいた。

アリスは声をあげて笑った。「わたしは母親よ。数には入らないわ」彼が反論する前に、アリスは車を降りた。「もう行かないと。一時間後にフリンの授乳の時間だから。近くなるといつもぐずるのよ」

駐車場の空気はむっとしていた。アリスが急いでチャイルドシートのベルトを外すと、チャールズはトランクからベビーカーを取り出した。二人で無言のままショッピングモールの入口へ向かう。自動ドアが開くと、涼しい空気が出迎えた。アリスはこのショッピングモールのすばらしさを語った。

チャールズは聞いてはいたが、ベビーカーを押して買い物客の間を通り抜けることに集中していた。日曜日の午後は最もにぎわう時間だ。アリスはチャールズが誰かに見つかる前に彼の服を買いたかった。今の姿が地元紙にでも撮られたら大変だ。

「着いたわ」小さな店の前でアリスは言った。

「ノードストロームじゃないじゃないか」

「マーク＆クロスはテキサスのチェーン店よ」

彼はウインドーの中の、まるで牛追いでもするような服装のたくましいマネキンを眺め、アリスに視線を戻した。「きみはよくここで買うのか？」

「いいえ」アリスはくすくす笑った。「だけど、ここでよく買い物をする友達は何人かいるわ」

「ボーイフレンドか？」彼は顔をしかめた。

アリスはかぶりを振った。「男性の友達よ」

「その違いはなんだ？」

「わたしは一度も……そういう……」アリスは彼の腕をつかんだが、すぐにそれを後悔した。たくましい筋肉に触れたとたん、肌にほてりが走った。

「向こうはきっとそういう気だったよ」チャールズは頑としてその場を動かず、アリスは彼を再び引っ張った。「きみの追っかけが列をなしてただろう」

「まさか」アリスは彼の腕を放し、店の中へ入った。

チャールズがベビーカーを押してあとに続く。「わたしは奥手だったから、そんな機会もなかったわ」アリスはチャールズに出会うまでの乏しい男性関係や、財布の中に二年間も放置されていた避妊具のことを思った。「わたしのことはいいから、あなたの服を買いましょう」彼女は入口のそばのラックに向かおうとしたが、チャールズがその手首をつかみ、指を下に滑らせて、彼女の指と絡めた。

「だとしたら、オースティンの男はばかばかりだ」

「あなたと違ってね」アリスはそうつぶやいてから手で口をふさいだ。うっかり声に出してしまった。

チャールズはにやりとした。「ぼくは違うか。さあ、ぼくがばかみたいに見えない服を選んでくれ」

アリスはまずウォッシュジーンズを濃い色と薄い色で二本選んだが、どちらもブーツカットで、ブーツを持っていないチャールズには滑稽に思えた。

「次はノードストロームの靴売り場よ」

「ぼくのクレジットカードが期待に震えてるよ」

アリスはほかに、長袖と半袖のシャツを数枚選んだ。これから暑くなるばかりなので、ショートパンツも数枚選んだ。服を試着室に運んだ店員がチャールズをじっと見ていたが、女性の視線を浴びるのは日常茶飯事なのか、彼は気づく様子もなかった。

野球帽を手渡されると、チャールズは身震いした。

「まさかそれを頭にかぶれというんじゃないよね」

「カウボーイハットよりましでしょう。顔も隠れるし」アリスはチャールズのほうに足を踏み出し、爪先立ちになって、彼の頭に帽子をのせた。そして、向きを調節し、首もとの髪を後ろになでつけた。

青い瞳が陰ったかと思うと、彼はアリスのほうにかがみ込んだ。人前なら安全だと思ったのに。あわやというところで、帽子のつばが彼女の額に当たり、フリンが泣き声をあげて空腹を訴え始めた。

アリスはぱっと飛びのくと、ロゴTシャツの棚からやみくもに数枚を選び、チャールズに押しつけた。

「これもね。フリンにミルクをあげてくるわ」チャールズはTシャツを受け取ると、アリスがフリンを抱き上げるのを眺めた。「手伝おうか？」

「インスタントのミルクを持っているから。あなたはそれを全部試着してみて。すぐそばにフードコートがあるの。そこで待ち合わせましょう」

チャールズはアリスの肩からおむつバッグを取り上げた。「先にきみたちを座らせてからだ」彼はフリンの頭にそっとキスをして、そのほろりとさせる仕草と同時に、アリスの耳もとでささやいた。「きみが試着室に一緒に入りたいなら別だけど」

「まさか……」アリスはフリンを抱きしめた。小さな唇が歪《ゆが》んで震える。大泣きの前兆だ。

「いつかぜひ」チャールズはさらりと言った。

空調の効いたショッピングモールで楽しい午後を過ごすなど、二週間前のチャールズではあり得なかった。だが、アリスとフリンと一緒にいると、今までの先入観が崩れてくる。ブロンド美人を相手に、長年繰り返してきた営みより楽しい過ごしかたがあるとは思わなかった。もちろん、アリスを相手に一番したい共同作業は、息子を膝で跳ねさせながら考えるようなことではない。だが、もう一度彼女にキスをしようという思いが頭にちらつくのを、チャールズは止められそうになかった。

最初の店でアリスに説得され、彼はジーンズとテキサス・ロングホーンズのロゴTシャツに着替えた。ぶかぶかのデニムと柔らかなコットンの感触には違和感があるが、妻や恋人に連れられて買い物をするほかの男たちにうまく紛れ込めるのは確かだった。さらにアリスの大好きなノードストロームで先の丸いウエスタンブーツも選んだ。そのどっしりとした靴が気に入ったチャールズは、アメリカ人のような格好をした写真を撮って、ホースバック・ホロウのきょうだいたちに送り、驚かせたいと思った。

彼は自分へのご褒美として、アリスのために最高にセクシーな靴を一足見つくろった。最初、彼女は断ったが、チャールズはそのストラップのサンダルを見たとたん、アリスが履いた姿を見たいと思った。

ブロンドの髪と優美な顔立ちは息をのむほど美しいものの、アリスには人々の中に紛れ込む能力がある。控えめで内気な性格が存在を気づかせないようにしているのだ。彼女から目を離せないチャールズには信じがたいことだが、どの店員の視線もアリスを素通りして彼に向けられた。アリスもそれを望んでいるのか、どんどん後ろに下がっていく。

遠慮がちな女性と、見るからにセクシーなサンダル。シャイな外面に隠れたアリスは、靴と同じくらい情熱的だ。それを知っているのはこの世で自分だけだという事実がチャールズを有頂天にさせた。赤いサテンのハイヒールは、足首に絡みつくストラップが、アリスの足をお預けにされたプレゼントのように見せていた。白いTシャツとふくらはぎまでロールアップしたジーンズという姿でも、その靴を履いたアリスはこのうえなく刺激的だった。

「ぜいたくだわ」アリスは値札をちらりと見た。

「いいじゃないか」チャールズは膝の上でフリンを揺すった。両手で支えているのはフリンのためだけでなく、百貨店の真ん中でアリスに襲いかからないようにするためでもあった。

「履く機会がないわ」アリスは嘆息した。「フリンがいるから、そういう場所には出かけないもの」

「場所は見つければいい」チャールズは店員にクレジットカードを差し出した。「このハイヒールとブーツをもらうよ」店員がいなくなると、彼はアリスに言った。「本当は気に入っているんだろう」

アリスは苦笑した。「すごく気に入ったわ。今夜、パジャマ姿で家の中を履いて歩きたいくらい」

「シルクとレースのパジャマ姿で?」

「地味なコットンフランネルよ」アリスは鼻で笑い、エスパドリーユに履き替えた。「ごく普通の」

「家に招待してくれよ。ぼくが鑑定するから」フリンが両手と両足をばたつかせた。「賛成だそうだ」

フリンのほうを見て、アリスの表情が和んだ。息子を見つめる彼女のまなざしは愛に輝いている。その様子は何時間でも眺めていられそうだ。我が子の母親に対して、父親はみなこんなふうに感じるのだろうか? ジョゼフィンに対するサー・サイモンは確かにそうだった。だが、両親は愛し合っていたが、ぼくはアリスのことをほとんど知らない。きっと目新しさから眺めてしまうだけだろう。

「チャールズ……」アリスが話しかけたその時、彼の携帯電話が鳴った。

アリスがフリンを抱き上げ、チャールズはポケットから携帯電話を出して画面を見た。兄のブローディだ。留守応答にしたが、すぐにまた携帯電話が鳴った。今度はジェンセンだ。鳴っている間にメールの着信もあった。「くそっ」彼はつぶやいた。

「緊急なの?」アリスが尋ねた。

「人によっては」ほかのきょうだいたちからの集中砲火の最中に、ルーシーから謝罪のメールが届いた。フリンとアリスのことをついもらしてしまったという。妹の秘密保持能力はこんなものだ。「なんとかしないと」チャールズは携帯電話を掲げた。

「大丈夫よ」アリスは即座に言った。「フリンとわたしは歩いてでも――」

ぼくが放り出すとでもいうのか? アリスを不安にさせたきょうだいたちの割り込みに、彼はいっそういら立った。「先にきみたちを家まで送るよ」

「邪魔になりたくないの。もし――」

「邪魔なわけないだろう」アリスがたじろいだので、

チャールズは自分が思った以上にきつい口調になっていることに気づいた。「きみとフリンと一緒にいたいんだ」静かに言う。「息子が一番大事だよ」

なぜかアリスがその言葉に反応し、赤ん坊をひしと抱き寄せた。

彼は理由を問おうとしたが、再び携帯電話が鳴った。「ここを出るまで音を切っておくよ。支払いが終わったら車へ戻ろう」

「フリンのおむつを替えたいの」アリスはすまなそうに言った。「二階に家族用トイレがあるから」

「じゃあ、車を出して正面玄関に迎えに行くよ」

アリスはうなずき、赤ん坊をベビーカーに乗せた。チャールズは母子を見送ると支払いをすませ、買い物袋を手に車に向かった。後ろのポケットの携帯電話が絶え間なく振動し、彼のいら立ちはつのった。

家族のことは愛しているが、アリスのことを話すのはまだ早い。どんな父親になるか、意見をされるのは迷惑だ。みんながなんと言うかは想像がつく。

アリスのアパートに向かう間、二人はずっと無言だった。チャールズはさっきまでの和気あいあいとした楽しい時間に戻りたいと思った。

アパートの前に着くと、アリスが飛び出すように車を降りた。彼はトランクからベビーカーを下ろした。「ムードを悪くしてごめん」ここぞという時に得意の愛嬌《あいきょう》はどうした？「上まで送るよ」

「大丈夫」彼女はチャイルドシートをベビーカーにはめた。「理由は説明しなくていいわ、チャールズ。あなたはわたしに対してなんの義務もないもの」

それが事実だとしても、望むことではない。携帯電話が再び振動した。「しつこいな。一日だけ町を出なきゃならない。戻ったら会おう」彼は膝を曲げて、アリスの目をのぞき込んだ。「いいね？」

バラのような唇が引き結ばれた。「でも……」

「もういい」チャールズは彼女の唇に指を当てた。

「ぼくに何かを期待しているわけじゃないっていうんだろう。昔からうんざりするほど言われてきたよ」かがみ込んで、指の代わりに唇を当てる。今はまだ言葉にできないことを、キスでアリスに約束したかった。「すぐに会いに来るよ、アリス」

アリスは愛らしく頬を染めてうなずいた。

「ママの言うことを聞くんだよ、おちびさん」チャールズはフリンにそう言うと、車に乗り込んだ。そして角を曲がり、アリスから見えなくなってから車を路肩に停め、ブローディ、オリヴァー、ジェンセン、アメリアに宛ててグループメールを送った。

〈くずメールはもう結構。質問があれば明日の昼、ホースバック・ホロウ・キャンティーナに集合〉

ほんの数秒で返信メールが殺到した。明日のランチは大盛況になりそうだ。

6

アリスはノックなしで実家の玄関ドアを開けた。日曜の夜は両親と食事をすると決まっているのだ。アリスが妊娠して家を出た時、両親は強く引き留めた。アリスの妊娠について、母親はショックは受けたものの、父親よりは理解を示してくれた。リン・メイヤーズが一番心配していたのは、独り暮らしでは赤ん坊の安全と健康を守れないということだった。

母が心配するのも無理はない。テキサス大学に在学中の四年間も、観光局に勤めてからも、アリスはずっと実家暮らしだった。友人たちからは驚かれたが、なんの不満も感じていなかった。胎動を感じる頃になって、アリスは母の善意の忠告を不快に思うようになり、独りで子育てできる力があるのを証明したくて、出産二カ月前に小さなアパートを借りた。

引っ越す時、父は何も言わなかった。ヘンリー・メイヤーズはアリスを愛していたが、娘の生活よりもはるかにアメリカの歴史に興味があった。一夜限りの関係で妊娠したという話も疑うことはなかった。

母は相手について細々と探りを入れてきたけれど。

チャールズがフリンの父親だと、両親に明かすつもりはない。わたしが彼の目に留まったということを、メレディスにもなかなか信じてもらえなかった。両親がその事実を受け入れたとしても、チャールズとの今の関係を打ち明けるつもりはない。

アリスがキッチンに入るなり、母親はチャイルドシートからフリンを抱き上げて、あやし始めた。父親までもが赤ん坊の機嫌を取ろうとした。それがアリスを勇気づけた。たとえチャールズとの関わりが途絶えても、この子を愛してくれる家族がいる。

母親が作ったスパゲティをみんなで食べたあと、アリスは片づけをした。母親はフリンにミルクを与え、父親は自分の書斎に向かった。

「見るたびに違ってくるわね」リンがフリンに指をつかませながら言った。

「先週、四カ月検診で量ったら、七キロだった」アリスはボウルや皿を食器洗い機に入れた。「五カ月になる前にシリアルを与えていいって言われたわ」

「ここに住んだら、もっと手伝ってあげられるのに。あなた、疲れているみたいに見えるわよ」

グラスを持つアリスの手に力がこもった。「大丈夫よ、ママ。まだ夜通しは寝てくれないけど、離乳食で改善するかもしれないって医者が言ったから」

「あなたの心配をしているのよ、アリス。仕事と子育ての両立で自分の時間がないでしょう」

「わたしは仕事が好きなの」アリスはパスタ鍋をこすり洗いして水切りかごに置いた。「フリンのことも愛している。できる限り両方のバランスを取っているわ。仕事は減らせない。ベビーシッター代や家賃を払えないもの。それはわかるでしょう」

「でも、ここに住んだら――」

「それはないわ」

「じゃあ、夫がいたら……」

アリスはタオルで手を拭き、テーブルに戻った。リンがミルクを飲み終えた孫の背中を叩《たた》いていた。

「ママ、わたしは問題なくやっているわ。本当よ」

「わかってるわ」リンは微笑《ほほえ》んだ。「あなたを誇りに思っているのよ、アリス。思っていた以上に立派にシングルマザーをこなしているわ。でも、独りぼっちでいるあなたを見るのがつらいのよ」

アリスはチャールズと過ごしたこの数日を思った。彼と一緒だと、日常的な育児も楽しく思えた。それがもっと続いてほしいと思う。だけど……。

「わたしに話していないことがあるでしょう」母は出し抜けに言い、目を細めた。

アリスは必死に表情を押し隠した。「ないわよ」

「男の人ね」リンはささやいた。

「どうして……」

「母親の勘よ」リンははしゃいだ様子で続けた。

「フリンの父親とよりを戻したの?」

「付き合ってる相手じゃないって言ったでしょう」

「あの時はそう信じたわ」フリンがげっぷをしたので、リンは赤ん坊の口もとを拭った。「でも、今は違うと思ってる。あなたは何かを、いえ、誰かのことを考えている。夕食の時もうわの空だったもの」

「何でもないわよ」アリスはあわてて否定したが、母にはお見通しだろうとわかっていた。これほど短期間でチャールズがこんなに大きな存在になるとは思いもしなかった。息子の人生にずっと関わっていくという彼の言葉を信じたいけれど、プレイボーイの評判を無視することはできない。「彼は……フリンの父親は誰かに縛られるような人じゃないのよ」

「でも、あなたが思いを寄せている人なのね？」

「だからって、どうにもならないのよ、ママ」

リンは孫を胸に抱き寄せた。フリンはゆっくり目を閉じた。「あなたは若いわ、アリス。母親だからって、自分の欲求があってもおかしくないのよ」

「わたしに必要なのは子供を守ることよ」アリスは立ち上がり、眠るフリンを母の腕から抱き上げた。

「この子はわたしのすべてなの」

「必要なのはあなたを守る人よ」リンは立ち上がり、アリスとフリンの頬にキスをした。「相手が誰なのか、無理にはきかないけど、話したいと思ったら、わたしがここにいることを忘れないで。パパとわたしが過保護だったのはわかっているわ。いまだにそうかもしれない。でも、あなたはもう大人の女だし、わたしはあなたを誇りに思っているわ」

「ありがとう、ママ」アリスは目頭が熱くなった。

「疲れても赤ん坊の世話のほうがずっと簡単ね」

リンは小さく笑った。「人生は複雑なのよ、特に人間関係は。もし相手の人が責任を取ると言ったら、あなたは彼との未来を思い描ける？」

チャールズと未来を築けたらどんなにいいか。でも、そんなことが起こると思うほどおめでたくはないわ。彼がこれまで慣れ親しんできた女性たちにはかなわないし、子育てという平凡な日常生活が彼の興味を維持できるとも思えない。「いいえ」アリスはささやき、泣かないようにぎゅっと目を閉じた。そのとたん、母の強く温かい抱擁に包まれた。

「ごめんなさい、アリス」

アリスは呼吸が落ち着くまでしばらく母のぬくもりに浸っていた。

リンは体を離すとフリンのまるまるとした頬に指を滑らせた。「その彼は宝物を逃しているわね」

本当は、その彼はフリンに夢中なのだけど。チャールズが息子に関心を持ってくれたことを喜ぶべきなのに、彼に対する思いがわたしを惑わせている。

「フリンと二人で大丈夫よ」そう信じるしかない。チャールズがホースバック・ホロウに行ったおかげで、平静を取り戻す時間ができたけれど、まだまったく成果は出ていない。もっと努力しなければ。

フリンはわたしの生きがいでしょう。チャールズとの交流を子供のことに集中させるぐらいできるはずよ。彼がもっと息子と親しみたいと言っても、あわてる必要はないわ。チャールズと過ごす時間を制限するのよ。彼がわたしの人生に関わっている唯一の理由は二人の間の息子なのだと忘れないために。

わたしは忙しいうえに疲れている。会うのを週末だけに制限してもおかしくないわ。

アリスはフリンを車に乗せて帰路についた。わたしとフリンは一つのチームよ。チーム・フォーチュン・チェスターフィールドでなく、チーム・メイヤーズ。たとえむなしい思いをしても、わたしが独りで生きていくことが、誰にとっても一番いいのよ。

月曜日の午後、チャールズはホースバック・ホロウ・キャンティーナに到着した。きょうだいたちの干渉にいら立ち、ほとほとうんざりしていた。オースティンからこの古風な町まで六時間近いドライブだった。日の出前に出発し、途中、空と放牧地と畑だけが延々と続く景色に飽き飽きしてしまった。

大半の時間は、ロンドンの弁護士に電話をかけ、フリンのための信託財産や今後のアリスへの援助について話し合っていたので、むだにはならなかった。

店内は混雑していたが、すぐに、奥の大きなテーブルにいるオリヴァー、ブローディ、ジェンセン、アメリアが見つかった。チャールズの中に家族に対する愛情がこみ上げ、いら立ちとせめぎ合った。

アメリアがハグで彼を出迎えた。「おめでとう、チャールズ。クレメンタインはいとこができて大喜びよ。女の子のいとこも期待してるみたいだけど」ほかの三人の兄に向かって片眉をつり上げた。

「チャールズが次は女の子を連れてきてくれるよ」オリヴァーはかぶりを振った。「もしかしたら、ほかにもまだ見つかってない子供がいたりして」

「オリヴァー、やめろ」ジェンセンがたしなめた。

「チャールズ側の言い分を聞くと決めただろう」

「ここまでは誰の側の言い分を聞いたんだ？」チャールズはジェンセンとブローディの間の椅子に座った。アメリアとオリヴァーは向かい側だ。

「ルーシーのだよ」ブローディがにやりとした。

「秘密は守るはずだったのに」チャールズは前に置かれた水を飲んだ。「秘密保持は得意技だろう」

「自分自身に関してだけよ」アメリアが言った。

ウエイトレスが現れ、フォーチュン家の面々を前にしてまごつきながらも注文を取り始めた。チャールズがハンバーガーとポテトを注文すると、ウエイトレスが言った。「あなた、王族の人よね」

チャールズはジェンセンを指さした。「称号がついているのは彼だけだよ」

ウエイトレスはジェンセンをちらりと見てから、チャールズに視線を戻した。「でも、あなたが王族のおもてなしをしてくれるんでしょう？」

チャールズはばつの悪さに身が縮む思いだった。兄たちはにやにやした。「そのとおりだよ」ブローディはアメリアに腕を叩かれるまで笑い続けた。

ウエイトレスは微笑み、紙に何か書きつけた。「テキサスのおもてなしが欲しい時は電話して。王族じゃなくても楽しみかたは知ってるでしょう」書いた紙をケチャップの瓶の下に押し込むと、くるりと背を向け、お尻を揺らしながら去っていく。

オリヴァーがかぶりを振った。「そうか、ああいうのはお前には日常茶飯事だったな、チャールズ」

「最低ね」アメリアがつぶやいた。

ブローディがにやりとした。「悪くないけどな」

チャールズは瓶をどかした。「うんざりだよ」

「へえ、いつからだ？」ジェンセンがきいた。

アリスに出会ってからだ。自分の評判やそれに伴う反応には前々からうんざりしていたが、アリスと出会って、違う人生を望んでいる自分を実感した。

「我らがチャーリー坊やも今や父親だもの」アメリアが言った。「生きかたも変わるわよね」

「フリンがすべてを変えたんだ」チャールズは髪をかき上げた。「でも、ぼくはぼくのままだ。だから、何もかも台無しにしてしまいそうで怖いんだ」

その言葉に対し、きょうだいたちは無言だった。

「ここは、大丈夫だよって言うところだろう」チャールズはつぶやいた。「励ますとかなんとか」

オリヴァーがため息をついた。「がんばれって言えばいいのか。金目当ての妊娠かもしれないのに、

「一生重荷を背負うことになっておめでとうって」

最年長のオリヴァーはいつも弟や妹を守ってくれる兄だった。その兄の無神経な言葉にチャールズは傷ついた。アリスを侮辱されるなら、自分がけなされるほうがましだ。「彼女は金目当てなんかじゃない。彼女を悪く言うのは許さないぞ、オリヴァー」

彼はきょうだい一人一人を指さした。「みんなもだ。赤ん坊のことは驚いたが、アリスは立派な母親だ。懸命に働いて、フリンと自分の生活を支えている。彼女はぼくに対して何も要求していないんだ」

「でも、お前は援助を申し出たんだろう」ブローディが言った。

「当然だ。あの子はぼくの息子で、彼女はその母親だ。ぼくは――」言葉が途切れた。アリスとフリンに対する気持ちが自分でもよくわからない。

「彼女のことを大切に思っているのね」アメリアが穏やかな口調で言った。

チャールズは深く息を吸った。「そうだ」

「だったら、話は全然違う」ジェンセンが言った。

「ママには話したの？」アメリアが尋ねた。

「とんでもない。みんなも黙っててくれ。こんなことがばれたら、なんて言われるか想像がつくよ」

アメリアが身を乗り出した。「結婚しろって言うわね」

「とんでもない」兄三人もうなずいた。「その案も検討するべきかも」妹の言葉に、兄三人が首を横に振った。「まさか結婚はしちゃだめだろう」

「どうして？」アメリアはアリスの代わりに怒っているかのようだった。

「彼女に力を与えることになるからだよ」ブローディはわかりきったことだというように言った。

「そう言ってたって、ケイトリンに教えていい？」

ブローディが青くなった。「やめてくれ」

「子供の親権は取るべきだな」オリヴァーは高価なあつらえのシャツの袖口を整えた。

「共同親権？」ジェンセンがきいた。

オリヴァーは少し考えて答えた。「単独親権だ」

「ばかな」チャールズがぴしゃりと言った。「アリスからフリンを取り上げるつもりなんてないんだ」

「その子の写真はないの？」アメリアが緊張を和らげようとするように言った。チャールズはきょうだいたちを愛しているが、みんながそれぞれまったく違う強い意見の持ち主だと言うことを忘れていた。

チャールズは携帯電話を取り出して写真を表示させると、テーブル越しに差し出した。

「かわいい赤ちゃんね」アメリアはチャールズが昨日撮ったフリンの写真をスクロールしながら言った。

「彼女も美人だ」ブローディはアメリアの肩越しにのぞき込んだ。「普段のお前のタイプじゃないが」

「勝手にほかの写真までスクロールするな」

チャールズが取り返そうとした携帯電話を、ジェンセンが先に奪い取り、写真を眺めた。「美人なうえに、頭の中にちゃんと脳みそが入ってそうだ」

「アリスは美しいだけじゃなく、頭がよくて、面白くて、優しいんだ」チャールズはため息混じりに言った。「フリンのためじゃなかったら、ぼくと一緒に何かをしたいなんてきっと思わないだろうな」

「チャールズも幸せそう」アメリアは写真を兄たちに見せた。フードコートでの一枚だ。彼はフリンの写真を撮り続けながら、こっそりアリスの写真も撮っていた。その時、隣のテーブルの女性が〝家族全員の〟写真を撮ってあげると言ったのだ。写真のチャールズは幸せそうなだけでなく、リラックスしていた。ここ数年の彼にはまったくなかったことだ。

「なんでロングホーンの絵がついた野球帽をかぶってるんだ？」オリヴァーがきいた。「それに、なぜかショッピングモールにいるみたいに見えるけど」

チャールズは携帯電話を取り上げ、ポケットに突っ込んだ。「アリスとフリンと一緒に出かけたいけど、誰かに気づかれる危険があった。アリスがアメリカ人らしい服を買いに連れていってくれたんだ」

その話はジェンセンの興味をそそったようだった。

「つまり、この女性はお前との関係をひけらかそうとしていないってことか？」

「まったく」チャールズは続けた。「アリスは、ぼくがフリンの父親だとタブロイド紙に知られることさえ心配している。ぼくたちは世間に知られないうちに二人の間の問題を解決する時間が欲しいんだ」

「じゃあ、なんで外に出かけたりするんだ？」ブローディがきいた。「ただ彼女の家に行ったり、お前のホテルに彼女を呼んだりすればいいだろう？」

チャールズはアリスと二人きりになることを考え、ため息をついた。「いろいろあるんだよ」

「彼女と寝たいからだろう」オリヴァーが笑った。

「だめだめ」ほかのきょうだいが声を揃《そろ》えた。

「彼女がめろめろになっちゃうわ」アメリアが言う。

ブローディがチャールズを指さした。「めろめろになるのはお前のほうだ」

ジェンセンがうなずいた。「間違っても、彼女と寝るのだけはやめておけ」

それが唯一きょうだいたちの一致した意見だった。

チャールズは苦笑した。アリスを再びベッドに連れ込むつもりはないが、彼女に触れたいという思いは抑えられそうにない。もう一度アリスと関係を持てたら、その欲求も解消できるかもしれない。いや、無理だ。一度だけで満足できるはずがない。

「そうするよ。これからの二週間でアリスとフリンのことをもっとよく知って、それから、ぼくたちの間の問題をどうするか決めようと思う」

「だけど……」アメリアが促した。

「だけど、彼女と寝るつもりはない」チャールズが言うと、きょうだいたちは微笑んだ。

7

木曜日の朝、アリスはパソコンの画面に集中しようとしていたが、濃いコーヒーを三杯も飲んだあとも、頭がぼうっとしたままだった。前夜、フリンが何度か目を覚まし、アリスは午前四時頃に眠るのをあきらめた。目を閉じるたびにチャールズの顔が浮かんでくるのだから、なおさら眠れなかった。

彼はホースバック・ホロウから戻った月曜日の午後にメールをよこしたが、アリスは予定があるので会うのは週末になると返信した。だがそれは嘘《うそ》で、彼とまた会う前に心のガードを固めたかったのだ。

チャールズは納得せず、火曜日にもメールや電話を繰り返しよこしたが、アリスは応答しなかった。

本当はチャールズが恋しかった。彼の冗談に笑ったり、彼をからかったりしたかった。彼のまなざしが恋しかった。まるでかけがえのない女を見るような、わたしの心を脅かすまなざし。でも、インターネットの写真や動画で見た彼は、一緒にいるどの女性にも、同じセクシーなまなざしを向けていた。

わたしが特別なわけじゃない。なのに、彼がそんなふうに感じさせるから困っているのよ。

「マーケティング会議の準備はいい？」メレディスが声をかけてきた。「どうしたの？　ひどい顔よ」

「それはどうも」アリスは血色を取り戻そうと、両手で頬を叩《たた》いた。「ゆうべあまり眠れなかったの」

「〝愛《いと》しのチャーリー卿《きょう》〟夜中まで寝かしてくれなかったわけじゃないようね」

アリスは噴き出した。「まさか」

「今日は海外向け旅行キャンペーンの提案よね？」

「ええ」アリスは立ち上がり、ダークグレーのスーツのジャケットをなでつけた。今日はやつれた母親でなく、観光のプロらしく見せたかった。あつらえのスーツとエナメルのバックベルトの靴で、目の下のくまから上司たちの注意をそらしたかった。「けさ早くからリハーサルをしてるんだけど……」自然と口が大きく開いた。「あくびが出ちゃうの」

「大丈夫、うまくやれるわ」メレディスは言った。

「やれるわよね」アリスは言葉を繰り返したが、それは友人の言葉と同じくらい説得力がなかった。

アリスはメレディスに続いて、廊下の奥の会議室へ向かった。原稿と配布物を抱え、手の震えを隠した。なんとか上司からキャンペーンのゴーサインをもらいたかった。これは単なるリサーチやデータ処理に留《とど》まらない働きぶりを見てもらうチャンスだ。

笑顔を作り、会議室に入ろうとしたアリスは、ドア口で急停止したメレディスの背中にどすんとぶつかった。アリスは友人の後ろからのぞき込んだが、その瞬間、彼女の笑顔は凍りついた。

アリスの直属の上司アマンダ・ピアソンの隣に、チャールズが座っていた。ほかの役員たちも大きなテーブルを囲んで座っている。空席が二つあり、一つは端の席で、もう一つはチャールズの隣だった。

アリスはメレディスの背中を突いた。「座って」「彼が来るのを知ってたの？」友人が小声で尋ねた。

アリスはかぶりを振った。「全然。だけど、普通に振る舞って。アマンダに勘ぐられたくないの」

メレディスは前に進んだ。「チャールズ卿」彼女はそう言って、大げさにおじぎをした。

彼は立ち上がって、最高にチャーミングな微笑《ほほえ》みをメレディスに向けた。「チャールズと呼んでくれ。タブロイド紙が勝手に書いてるだけで、本当は称号なんてないんだ」彼はメレディスの手を取った。

アリスは遊び慣れた友人の口がぽかんと開くのを目にした。これぞ〝チャールズ効果〟ね。今日はこれに惑わされないようにしよう。「お目にかかれてうれしいです」アリスは淡々と言い、端の席に向かおうとした。だが、彼が自分の隣の椅子を引いた。

「ここへどうぞ、ミズ・メイヤーズ。けさはきみがどんな話をするのか楽しみにしているんだ」

メレディスがすかさず端の席に向かい、アリスはチャールズの隣に腰を下ろすしかなかった。彼が聞きたいのは、キャンペーンの計画でなく、この数日間、わたしが彼を無視してきた理由でしょうね。

「チャールズはわたしたちと仕事を進めようと考えているのよ」アマンダが説明した。「どういうわけか、アリス、彼は去年の総会の時からあなたを知っているんですって」チャールズのような男性がなぜアリスを覚えているのかといぶかる様子だった。

「きみのリサーチだよ」チャールズはさらりと言った。「世界規模の観光事業がテキサス経済に与える影響を数字で示した調査は実に印象的だった」

彼はアリスにだけ聞こえるように声を落とした。「きみに関わることはすべて印象的だよ、アリス」

一瞬、二人の視線がぶつかった。〝チャールズ効果〟が発揮されるのにはその一瞬で充分だった。

「チャールズはオースティンに数週間滞在するので、このミーティングに参加してもらったらいいと思ったのよ」アマンダはアリスに鋭い視線を向けた。「彼を失望させることにならないといいけど」

「それはないだろう」チャールズは言った。

「大丈夫、アリス？」上司がきく。「顔が青いわ」

「大丈夫です」今はチャールズに反応しないようにすることで、アリスは頭がいっぱいだった。原稿と配布物を握った手に、チャールズがそっと触れた。

「深呼吸をして、アリス」彼はささやいた。「きみならできるよ」

アリスは突然立ち上がり、彼の手を振り払った。

「キャンペーンのタイトルは」声がうわずり、せき払いをした。「〝我がテキサス〟です。州の正式な観光キャンペーン計画にも合っていますし、国際市場向けにもぴったりです」話しながらテーブルを回り、各人の前にパンフレットの見本を置いていく。「わたしたちのリサーチによれば、アメリカを初めて訪れる外国人の大半はニューヨーク州かカリフォルニア州へ向かいます。テキサス州はそのついでというのが典型的です。でも、わたしたちは〝一つ星の州〟を最初の目的地にしたいんです」アリスは席に戻ってきたが、そのまま立っていた。そうやってチャールズとの距離を保っているほうが楽だから。「案としては、実際にこの州で休暇を過ごしたことのある外国人を取り上げ、その人々にとってのテキサスを紹介します。また、テキサスを故郷と呼ぶ人々、象徴的なカウボーイやミュージシャン、著名人も紹介していきます」視線が合った数人のお偉方がうなずき、アリスは自信を強めた。「サウスパドレ島のビーチから、オースティンの音楽シーン、丘陵地帯の古風な町並み、地域それぞれの特徴にスポットを当てます。目標は、人それぞれの好みを反映して、旅行者が自国を離れる前からテキサス州とのつながりを感じるようにすること。アメリカ旅行での一番の目的地としてテキサス州を考えてもらうことです」

アマンダが手を上げて続きを制した。「もう充分だと思うわ、アリス」温かみのない微笑みに、アリスはうすうす感じていたことを確信した。わたしが成功するのは不本意なのね。「その話は――」

「最高だ」チャールズはすかさず拍手をした。ほかの出席者も従い、アマンダの笑顔が凍りついた。

「なかなかいいわね」アマンダは認めた。「最高とまでは言わないけど」

「チャールズと同感だね」観光局局長のデイヴィッド・マカヴォイが相づちを打った。

アリスは頬が紅潮するのを感じながら腰を下ろした。チャールズがテーブルの下で彼女の膝をぎゅっとつかんだ。

「ぼくも関わらせてほしい」チャールズは一同に言った。「最近、テキサスとの個人的な結びつきが強くなったんだ」含みのある視線をアリスに投げかける。「それに、ぼくの国際的な人脈とアメリカでのフォーチュン家の名声を使って著名人たちをキャンペーンに引き込むこともできる。これは万国共通で使えるキャンペーンじゃないかな。英国観光庁も、アメリカで〝我が英国〟キャンペーンをやりたがるかもしれない」例の必殺の微笑みをアマンダに向けた。「アリスの専門知識をぼくに貸してもらえませんか」

「いいですとも」アマンダは答えた。アリスは一瞬、彼がヴァンパイアで、微笑みだけですべての人を惑わす力を持っているのではないかと思った。

「ランチの予定が入っているんだ」デイヴィッドが言った。「明日の朝までにキャンペーンの予算とだいたいの期間を知らせてくれ、アリス。〝我がテキサス〟を急ピッチで進めるつもりだ」

「ありがとうございます」アリスは静かに言った。

ほかの人々が次々と会議室を出ていった。

「今日は驚いたわ、アリス」アマンダが戸口から言い、冷たい視線を向けてきた。

「自分でも驚きました」

「キャンペーンの運営をこなせるといいけど」

「がんばります」

アマンダが足を踏み出した。「あなたの肩書きを変えようと考えていたんだけど、今回がいい機会のようね。トラベル・リサーチ・アソシエイトから、ツーリズム・リサーチ・マネージャーに昇格よ」

アリスは息をのんだ。「ありがとうございます」

「明朝、新たな職務と昇給について話しましょう」

「了解しました、アマンダ」

「チャールズ、ランチの予定はある？」アマンダはきき、豊かな髪を片手でかき上げた。「今後の新たなキャンペーンについて意見を聞きたいのだけど」

「せっかくだが」チャールズはさらりと言った。「予定があるんだ。アリスのプランについてもう少し聞きたいから、帰りにきみのオフィスに寄るよ」

昨年末に離婚したアリスの上司は引き下がらなかった。「オースティンにはいつまで滞在するの？」

「状況しだいだね」チャールズは答えた。

「電話して」アマンダはアリスが聞いたこともないような甘い声を出した。「街を案内するから」

「それはありがたい。ここはすばらしい街だよね」

「テキサスは何でも大きめだって言われるけど」アマンダはウィンクをした。「大きさだけじゃなく、味もいいものがたくさんあるのよ。女性とかね」

チャールズは低く笑った。アリスは吐き気をこらえた。アマンダはわたしがここに存在しないかのように彼を誘惑している。チャールズはこういう安っぽいせりふをいつも聞かされているんでしょうね。

アマンダが去っていくと、アリスはテーブルを回り込み、力任せに椅子を片づけ始めた。「うちのボスとデートするつもり？」

「とんでもない」チャールズは憤慨した様子を見せた。「きみが留守番電話やメールに返事をくれたら、デートを申し込むつもりだったんだよ」

「忙しかったのよ」アリスは書類をかき集めた。

「生後四カ月の子供がいるのにか」

「だから忙しいのよ」

「子供は毎晩早く寝るだろう」

「わたしも寝るわ」

「想像しただけでそそられるね」彼はささやいた。

アリスはぎゅっと目を閉じ、懸命に胸の高鳴りを抑え込んだ。「どうしてここに来たの、チャールズ？」もう大丈夫だろうと思い、彼に目を向けた。

「きみに会うために」チャールズの瞳が陰った。

その瞬間、アリスのガードはもろくも崩れ落ちた。

彼女はあわてて立て直す道を探った。「ホースバック・ホロウはどうだったの？」

「ランチに付き合ってくれ」

「質問の答えになってないわ」

チャールズはにこっと笑った。メレディスやアマンダに向けられたものとは違う、自然な微笑みだ。まるでアリスを怒らせて面白がっているようだった。

「ランチに付き合ってくれたら話すよ」

「予定があるって、アマンダに言ってたじゃない」

「あるよ」彼は片手を差し出した。「きみとね」

「イエスとは言ってないわ。わたしだって、ランチの約束が入っているかもしれないでしょう」

「イエスと言ってくれ、アリス」

アリスは息を吸い込み、彼の誘いを断ろうと口を開いた。息子が大人になるまで生き抜くつもりなら、心がぼろぼろにならないよう、チャールズとの間に境界線を引かなければならない。

だが、チャールズは期待のまなざしで待ち受けていた。まるでアマンダやメレディスや彼を取り巻くほかの美女たちでなく、本当にアリスと一緒にいたいと思っているかのように。アリスも彼と一緒にいたかった。どう自分に言い聞かせても、愚かで危険だとわかっていても、気持ちは変わらなかった。

人生の大半を慎重に過ごしてきた。例外はたった一度で、その結果、妊娠した。でも、フリンを授かったのは人生最高の出来事だった。だから、少しくらい無茶をするのも悪くないかもしれない。

「オフィスの外で一緒に歩いているところを見られたら困るわ。みんな変に思うでしょう」

「どうして?」

アリスは肩をすくめた。「あなたみたいな人は、わたしみたいな女をランチに誘わないからよ」

「ぼくは誘うよ」

アリスの胸は高鳴った。「インド料理は好き?」

「ぼくは英国人だよ」それが答えのようだ。

「どういう意味?」

「ロンドンでは、本場のカレーがフィッシュアンドチップスと同じくらい人気なんだ」チャールズはにこっと笑った。「インド料理は好きだよ」

「よかった。このオフィスでインド料理好きはわたし以外いないから。このビルの近くにインディアン・パレスというレストランがあるの。そこで二人分注文しておいて。わたしは十五分後に行くわ」

彼の笑みが広がった。「スパイみたいでいいね」

「ふざけないで。誰かに見られたら困るんだから」

彼はうなずいたが、顔は笑ったままだった。「秘密を守りたいなら、ぼくのホテルはすぐ近くだよ」

「ホテルはだめ」アリスの声がうわずった。

彼は笑った。「じゃあ、あとで」アリスが抵抗する間もなく、チャールズは距離を縮め、彼女の耳を唇でたどった。「今日は本当にすばらしかったよ」

全身がかっと熱くなる。アリスは椅子をつかんで体を支え、会議室を出ていく彼を見送った。

あのセクシーな英国人を前にして、心のガードを固めるなんて、やっぱり無理だわ。

父親になったせいだ。それ以外に、今日の行動を説明できない。アリスとは二度と寝ないと、きょうだいたちに約束した。それは本気だった。

なのに、アリスと一緒に過ごしたくて、急いでオースティンに帰ってくることになった。いや、フリンと一緒に、だろう。息子に会いたいのは本当だが、それだけではない。ほんのちょっとホースバック・ホロウに行っていただけで、フリンとアリスが恋しくなった。ただ、彼女のほうは歓迎してくれる様子がない。それが腹立たしいし、不思議でもあった。

チャールズは女性に避けられた経験がない。アリスが渋れば渋るほど、ますます会いたいと思った。子供のためにアリスと友好関係を保ちたいのだと理屈づけようとしたが、それは無理があった。なんとしても彼女と連絡を取り、二人の間のもろい絆《きずな》を壊すような真似《まね》はしていないと確認したかった。

それとも、絆はぼくの想像に過ぎないのか。アリスは距離を置くことで、二人は子供を育てるために働く父親と母親というだけの関係なのだと、さりげなくぼくに伝えたいのか。でも、アリスとの距離を置くのはどうがんばっても無理だ。彼女が会議室に入ってきた瞬間、頭の中でざわめいていた不安が静まり、ぼくは満足感に似た奇妙な感情に包まれた。

会議でアリスの協力を求めたのはとっさの思いつきだ。彼女と会う機会を逃さないためには、一緒に仕事をして、それを隠れみのにするのが一番いい。

その時、アリスがレストランに入ってきて、チャールズの迷いは消えた。ビジネススーツ姿の彼女は、母親らしい格好の時と変わらず、とても美しかった。彼はもっと様々な場面でのアリスを知りたいと思った。今はアリスのことを詳しく知って、彼女がなぜあんなことを言うのか確かめたい。

一番奥のボックス席にいた彼は、近づいてくるアリスを立って出迎えた。彼女の唇の端には小さな笑みが浮かんでいた。チャールズはその唇にキスをしたくてたまらなかった。だが、ここはアリスのアパートでも彼のホテルの部屋でもない。二人で外にいる時は慎重にならなければならなかった。

「きみのことを教えてくれ」アリスが向かいの席に滑り込むと、チャールズは言った。

じっと見つめられ、アリスの顔がこわばったようだった。「たいした話はないわ。世界をまたにかけるプレイボーイならいろいろあるでしょうけど」

「お決まりの退屈な話ばかりだよ」

「あなたのことを退屈だなんて思う人はいないわ、チャールズ」アリスは笑った。「女性なら特に」

「ぼくが興味を持ってる女性は一人だよ、アリス」

「そういうことは言わないで」

「本当のことだよ」

アリスは彼をじっと見つめた。「わたしは生まれも育ちもオースティンよ。父はテキサス大学でアメリカ史を教えていて、母はわたしが出た小学校で非常勤の授業助手をしているわ」

「きみはどんな少女だったんだ？」チャールズは身を乗り出した。「フリンは母親似になるかな？」

「そうならないように願っているわ」

「まさか。きみはすばらしい女性だよ。フリンが母親の美しさだけでなく、知性も受け継げるといいね。今日のきみには、出席者全員が圧倒されたよ」

アリスは不安げに唇を噛《か》んだ。彼が理由を尋ねようとした時、ウエイターが料理を運んできた。

「チキン・ティッカ・マサラとサーグ・パニールとヴィンダルーです」ウエイターは湯気の立つ料理を置いた。「バスマティライスとナンもあります」

「ありがとう。うまそうだ」チャールズは言った。

料理を見たアリスの表情が和らいだ。「身近にインド料理が好きな人がいなくて。テイクアウトもするけど、ここで食べるほうがずっとおいしいわ」

チャールズはそれぞれの料理を二人の皿に取り分け、アリスが最初のひと口を食べるのを眺めた。アリスはよく味わおうとするようにゆっくりと目を閉じ、そして、小さなうめき声をもらした。

「とってもおいしい」アリスはため息混じりに言って目を開け、彼が見つめていることに気づいて頬を染めた。「食べ物にこんなふうに反応するなんて、ばかみたいでしょう」ナプキンで口の端を拭う。

「いや、チャーミングだよ」チャールズは温かいナンをちぎった。「ロンドンのぼくのフラットのそばにもおいしいインド料理店があるんだ」彼はナンをマサラソースに浸した。「いつか一緒に行こう」

アリスの目が丸くなり、持っていたフォークが音をたててテーブルに落ちた。

「無理にとは言わないよ」彼はあわてて言った。「きみがゆっくりことを進めたいのはわかってる」

アリスはフォークを拾い上げ、恥ずかしそうに微笑んだ。「わたし、パスポートも持ってないの」

「外国へ行ったことが一度もないのか?」

「テキサスからもほとんど出たことがないわ。幼い頃、父の仕事で一週間家族でカリフォルニアへ行ったのと、リタイアしてコロラド南部にいる祖父母のところに毎夏行くくらいで……」アリスは申し訳なさそうに肩をすくめた。「まるきり田舎者でしょう。あなたは洗練されているし、世界中を旅しているものね。わたしはどこへも行ったことがないの」

「住んでいるのはテキサスかもしれないけど」チャールズはアリスの空いているほうの手に手を伸ばした。「靴の趣味は全然田舎娘じゃないよね」

アリスは声をあげて笑った。「カウボーイブーツだって持っているわよ」

チャールズは彼女を笑顔にできたのがうれしかった。「ぜひ見てみたいね」彼は二人の指を絡ませた。「旅の経験なんてなくても構わない」海外のお気に入りの場所にアリスを案内するのもよさそうだ。英国観光庁の仕事でいやというほど旅をして、感覚が鈍っているから、アリスの目を通して世界を見てみたい。「きみがどこへ行ったかじゃなく、ぼくたちがこれからどこへ行くかが重要なんだ」

「フリンも一緒にね」アリスはすかさず言い、手を引っ込めた。

「もちろんだよ」チャールズはわき起こる失望を抑えつけた。アリスはすばらしい母親だ。彼女が息子を第一に考えていることは喜ぶべきだが、それ以上を求める気持ちを、チャールズは抑えられなかった。

「今度いつフリンに会えるかな？」

「いつも金曜の夜になると、疲れて少し機嫌が悪くなるの」アリスは微笑んだ。「母子《おやこ》ともにね」

「ぼくが疲れと不機嫌を吹き飛ばしてあげるよ」チャールズは言った。「母子ともにね」

アリスは本気かどうか見極めるかのように彼をじっと見つめた。「今夜はあの子を外に連れ出したくないの。あなたが夕食を食べに来るならいいわ。予定があるなら、そのあとで寄ってくれてもいいし」

「予定はないよ。夕食はぼくがピザを買っていこう。アメリカ人はみんなピザが好きなんだよね？」

アリスは笑った。「みんなじゃないけど、ほとんどはそうね。ピザはうれしいわ。ありがとう」

「一日にデート二回」チャールズは水のグラスを掲げてみせた。「ぼくはとっても幸運な男だ」

8

ドアベルが鳴った。アリスは鏡をのぞき込み、スーツから楽な服に着替えたことを後悔した。仕事着なら、少しはましに見えたのに。Tシャツとヨガパンツではまさに疲れ切った母親で、とてもチャールズのような相手を惹《ひ》きつけるとは思えなかった。

アリスはゴムバンドを外し、ブロンドのウエーブを頬に垂らした。くしゃくしゃの髪でも、顔の青白さをごまかすぐらいはできるかもしれない。

ドアベルが再び鳴った。アリスはフリンをベッドから抱き上げ、玄関に向かった。

アリスとは違い、カジュアルなジーンズとTシャツ姿でも、チャールズの着こなしは完璧だった。

「デリバリーです」彼はピザの箱を掲げた。

アリスは笑いながら体を引いて、彼を中へ通した。「配達員がみんなあなたみたいだったら、アメリカじゅうの独身女性が毎日ピザを食べるでしょうね」

「とんでもない。ぼくはどこにでもいるオースティンのピザ配達員だよ」彼は大げさなアメリカ訛《なま》りで言った。「紛れ込むのもいいね」かがみ込み、フリンの頭にそっとキスをする。「やあ、おちびさん」

ピザのスパイシーな香りにチャールズのシャンプーの香りが勝り、アリスはうめき声をのみ込んだ。彼を夕食に招くことは、数時間前は名案に思えたが、今になって、なぜ自分が外で会うことにこだわっていたかを思い出した。疲れ切っているにもかかわらず、アリスの体はチャールズに反応してざわついた。コットン地のTシャツが彼の背中の筋肉に貼りつき、ジーンズが下半身をぴったり包んでいる。

「ぼくがフリンを抱っこしようか？」彼はピザの箱

をコーヒーテーブルに置いた。

アリスはまばたきをして、激しい欲求を抑え込もうとした。抱いてほしいのはわたしよ。力いっぱい体を押しつけて、疲れもストレスも忘れたい。

「お願い」アリスはチャールズに触れないように注意しながら、フリンを彼の腕に預けた。「お皿を用意するわ。ビールとワイン、どっちがいい?」

「ビールを頼む」

フリンは目をこすって、疲れた泣き声をあげた。

「ごめんなさい」アリスは思わず言った。「機嫌の悪い時に相手をしたくなかったでしょう」

「ぼくはこの子の父親だよ。この先何年かのうちには、もっと大変なこともあるだろう」

〝この先何年か〟アリスはピザの箱を両手できつく握った。わたしはこの先何年か、チャールズに対する報われない欲望を抱き続けることになるんだわ。

アリスは小さなテーブルに二人分の皿とナプキンを置き、冷蔵庫から地ビールの瓶を二本出した。

「あなたが食べている間はわたしが抱っこするわ」

箱を開けると、ピザにはモッツァレラ、バジル、トマトがたっぷりのっていた。彼女のおなかが鳴った。

チャールズはくすくす笑った。「きみが食べている間、ぼくが抱っこしているよ」彼はフリンを優しく揺すった。赤ん坊はまた泣き声をあげたが、しだいにチャールズの腕の中になじみ、あくびをした。

「寝る前にミルクを飲ませないと」

「なんとかやれると思う」

「わたしが作るわ」

アリスが言ったが、チャールズはかぶりを振った。

「やりかたを教えてくれ」

いつも自分で全部やっているので、アリスはフリンに関わることを人に委ねるのには抵抗があった。

「アリス、ぼくに手伝わせてくれ」

アリスは涙がこみ上げるのを感じた。手伝ってほしいけれど、彼に頼って、また独り残されるのが怖い。どうかしているわ。疲れているせいね。動き、働き、もがくのをほんの数分でも止めたら、生活の重圧に押しつぶされ、二度と元に戻れない気がする。

でも、チャールズはフリンの父親だし、わたしのほうから彼を探したんだもの。子供の実生活に関わるチャンスを彼に与える義務があるわ。

「カウンターの隅に専用マシンがあるの。上のキャビネットから哺乳瓶を出して、コーヒーメーカーみたいに注ぎ口の下に置いて。赤いボタンを押すと、ミルクとお湯が混ざるわ。飲ませる前にキャップをしっかり閉めてね」アリスは微笑《ほほえ》んだ。「以前そんな失敗をして、母子《おやこ》でミルクまみれになったから」

「了解」チャールズは椅子を引いた。「座って、アリス。ビールとピザをどうぞ。フリンはぼくに任せてくれ」彼はウィンクをした。「きみは監督だよ」

「監督ね」アリスは椅子に座った。「引き受けるわ」

ピザを食べ始めたアリスは、時間をかけて味わうとこんなにもおいしいのかと驚いた。近ごろの食事はフリンの世話をしながらか、昼に職場の机でかき込むかだった。チャールズと一日に二度食事をして、甘やかされる気分を味わった。その感覚に簡単に慣れてしまった自分に、アリスは戸惑っていた。

「エスプレッソマシンのミルク用ってところだね」機械が音をたてると、チャールズが言った。

「ぜいたくでしょう。出産祝いでもらったギフトカードを使ったの。夜の授乳がずっと楽になったわ」

彼は哺乳瓶のキャップを閉め、アリスの正面の椅子に座ると、フリンの口に哺乳瓶を傾けた。ミルクをごくごく飲み出すと同時に、赤ん坊の目がゆっくり閉じた。「寝ながら食事をしているのか」チャールズはフリンに微笑んだ。「たいしたものだな」

「今週末からシリアルを食べさせるの」アリスはビールを飲みながら言った。「あなたがもし……」

「それ、絶対に見逃したくないね」

アリスは人生で最も大切な男性二人をじっと見つめた。三人のいる狭いアパートを親密な静けさが満たしていた。聞こえるのはフリンが満足げにミルクを飲む音だけだ。ずっとこうだったらいいのに。そんな思いを抱いた自分を、アリスは心の中で蹴飛ばした。わたしたちは家族じゃない。家族のふりをしてもつらい結果になるだけよ。「さあ、フリンをこっちへよこして、食べないとピザが冷めるわ」

「いいんだ」チャールズはフリンを見つめた。「小型のぼくが世界を駆け巡るなんて信じられないな」

「ベビーカーに乗せられて駆け巡るってことね」

「すぐに走り始めるよ。フリンがぼく似だったら、きみは気が休まらないだろうね。ぼくは一人で双子分のエネルギーがあったって母が言っていたから」

「貴重な情報をありがとう」彼女は笑い、再びビールを飲んだ。「きっと、悪さをしても、かわいくてつい許してしまうような子供だったんでしょうね」

チャールズはにやりとした。「今もそうだよ」

フリンはミルクを飲み終え、チャールズの腕の中でまどろみ始めた。幸せな子だわ。「おなかいっぱい」アリスは立ち上がり、皿をシンクに置いた。「おむつを替えて寝かせるわ」チャールズから赤ん坊を受け取る。「夕食とお手伝い、ありがとう」

「どっちも喜んでやっていることだよ」

アリスはフリンのおむつとパジャマを新しいものに替え、ベビーベッドに寝かせた。フリンは柔らかなシーツに顔をこすりつけ、眠そうなため息をついた。アリスはあくびをこらえた。フリンは寝付きはいいが、朝まで寝続けるのはなかなか難しい。

アリスがキッチンに戻った時には、チャールズは食器を食器洗い機に入れ終え、残ったピザを冷蔵庫にしまい、テーブルを拭いているところだった。

「あなたはいつもこんなに完璧なの？」

「めったにないよ」チャールズはにやりとした。

「きみはぼくの一番いいところを引き出してくれるらしい」彼はふきんを蛇口にかけて振り返った。

二人はしばらく見つめ合っていた。ぴりぴりとした空気が狭い空間を満たす。チャールズが腕組みをした。その筋肉が盛り上がるさまがアリスの欲求をかき立てた。だめ、踏みとどまるのよ。

「そろそろ帰ったほうがよさそうだ」チャールズはそう言ったが、立ち去る動きは見せなかった。

「映画でも観《み》る？」

チャールズは口の片端で微笑んだ。「映画をまるまる一本見るほど起きていられるかい？」

「テレビはどう？　いえ、無理に残らなくてもいいのよ。フリンが寝たから、いる理由がもう……」

「もう少しいたいな」チャールズはアリスに近づき、指で彼女の髪を耳にかけた。「アメリカに来ても、テレビを観るのは空港の待合室ぐらいなんだ」

「もっと刺激的なことがほかにあるからでしょう」

「きみ以上にぼくをそそるものはないよ」

そのささやきに、アリスの下腹部が熱くざわめいた。彼の顔が近づいてきたが、息がじらすように彼女の頬に触れただけだった。アリスは唇が重ねられるのを待ったが、彼は体を起こしてせき払いした。

「で、今夜はどんなテレビ番組があるんだい？」

「リアリティー・テレビか犯罪ドラマね」アリスは彼に寄り添いたくならないように一歩後ずさった。

「ぼくをカリスマ主婦の弟子にするつもりか？」

アリスは声をあげて笑った。二人はリビングのふかふかのカウチに移動した。「アラスカの荒野でサバイバルっていうのはどう？」

「直接体験するより、テレビで観るほうがいいね」

アリスはリモコンを手に取った。「アメリカ文化の裏側をあなたにご紹介するわ」

アラスカのツンドラ地帯の生活を描いた番組はなかなか面白かったが、隣で丸くなって寝る美女を眺めているほうがはるかに楽しかった。アリスは最初のコマーシャルが始まるより先に眠りに落ちたが、チャールズは彼女を起こさなかった。

起こしたら、アリスは恥ずかしそうに謝り、おそらくはぼくをホテルに帰らせるだろう。帰りたくない。ここで、アリスをこの腕に抱きたい。

アリスといると、自分が役に立っていると思える。愉快でしゃれた人々の中にいて強い孤独を感じるのは、弱さの表れだと思っていた。だが今、自分に欠けているのが人との結びつきだとわかった。誰かの期待にもっと応えたいという気持ちなのだ。

コーヒーテーブルの上のモニターからフリンの小さな泣き声が聞こえた。アリスが身じろぎをして、かわいらしく鼻を鳴らし、彼にすり寄った。チャールズはモニターの音量を下げ、肩にのせられたアリスの頭をできるだけそっとクッションの上に移した。

彼は静かに赤ん坊の寝室に入り、ドレッサーの上のワット数の低い明かりをつけた。二人きりになるのが不安だなんてばかげているが、フリンとのこれまでの接触はアリスの監督の下だった。父親になって一週間、都合のいい時に現れ、実際の育児作業になると姿を消すというパターンに陥りかけている。

アリスに任せるほうが理にはかなっている。親の役目を果たすうえで、父としてのぼくよりも、母としてのアリスのほうがはるかに不安がない。でも、挑戦してみたい。チャールズはおそるおそるベビーベッドに近づき、のぞき込んだ。フリンは仰向けになって泣き続けながら、チャールズを見上げていた。

「どうしたんだ、おちびさん？」チャールズは赤ん坊のおなかに片手を当てた。フリンはしゃくり上げ、本格的に泣き叫ぼうとするように口を大きく開けた。アリスを起こしたくなくて、チャールズはフリンを抱き上げ、揺すり始めた。フリンは泣くのをやめ、手を伸ばして、チャールズの顔に指で触れた。「ほら、大丈夫だよ。悪い夢でも見たのか——」その時、吐き気を催すにおいが漂ってきた。フリンはにっこり笑い、もぞもぞと動いた。おむつの中のものが赤ん坊の尻でつぶれていることだろう。

おむつ替えなどしたこともない。アリスを呼んでこようか。やっぱりこれも彼女の専門分野だろう。

育児に関わることは何でもやるつもりだったが、果敢な取り組みもここまでが限界だ。

フリンはまつげを涙で濡《ぬ》らし、チャールズを見上げている。音をたてて指をしゃぶりながら考え込むような様子は、まるでチャールズの父親としての価値を査定しているかのようだった。

価値が乏しいと判断されるのはいやだ。

「二人でも大丈夫だ」チャールズはフリンにも自分にも言い聞かせた。おむつの交換台はベビーベッドの隣にあり、下の棚にはおむつ、お尻拭き、ローション、クリーム、カラフルなハチの玩具があった。

チャールズはフリンを仰向けに寝かせ、腹の上で安全ベルトを留めた。「最初に」ハチの玩具を赤ん坊に渡し、パジャマのスナップを外し始めた。前を開いたとたん、さらなる悪臭の波が襲ってきた。手もとがよく見えるように頭上の照明をつけるべきだろうが、詳細には見たくない気持ちもあった。「きみは父親似だね」フリンに言う。「大胆にやらかすところが」部屋は涼しいが、顔からは汗がしたたっている。チャールズはそれを肩で拭うと、深呼吸をしてから息を止め、おむつを開いた。「うわっ」チャールズはたじろぎ、お尻拭きを両手いっぱいに取って作業にかかった。フリンはおとなしく玩具を噛《か》んでいたが、急に足をばたつかせた。「やめろ」チャールズは思わず叫んだ。フリンの口がへの字になった。「ごめん、ごめん」彼は無理やり陽気な声を出した。「でも、もう少しできれいになるところなのに、足についちゃったらいやだろう」

だが、拭いても拭いても、そのもう少しが終わらなかった。「ママは毎日どうやっているんだい?」

「それがなんと、繰り返すことで熟練するのよ」

彼が振り返ると、アリスがドア口から入ってきた。

「きみを起こしたくなかったのに」

「あなたが起こしたんじゃないわ」アリスは彼をわきに押しのけた。「交替しても構わない?」

「頼む。おむつ替えは、ぼくじゃ全然だめだ」

「努力は認めるわ」アリスは手際よくおむつ替えを終え、汚れたおむつとお尻拭きを専用のごみ箱に入れた。ふたを閉めると、ごみ箱から電動音がした。

「あれは有害物質に認定されるべきだね」

「固形食を始めると、もっとひどいにおいになるんですって」アリスはパジャマをもとどおりにすると、フリンから玩具を取り上げ、台から抱き上げた。

「パパをうんと困らせてあげたの?」

〝パパ〟チャールズはその言葉に誇らしさを感じた。プロのようなおむつ替えはできなかったが、精いっぱい努力はした。世の父親と同じように。

「あなたが寝かせる?」アリスは彼に微笑んだ。

「喜んで」チャールズは赤ん坊を受け取った。フリンは彼の胸に顔をすり寄せた。「ママにも休憩が必要だよ、おちびさん。朝まで寝てみたらどうだ?」

フリンは答えなかったが、抗議の泣き声はあげなかった。チャールズはベビーベッドにかがみ込み、赤ん坊をシーツの上に寝かせた。フリンは手足をばたつかせたが、ほぼ即座に目を閉じた。

「おやすみ、おちびさん」チャールズはささやいた。

ドレッサーのそばに立って見ていたアリスが明かりを消した。それから二人はキッチンへ戻った。

「よくがんばったわよ」アリスは蛇口をひねり、チャールズに石けんを手渡した。

「あんなの、初めて見たよ」彼は小さく身震いした。

「あなたが言ったとおり、たいしたものでしょう」

彼の訛りを真似《まね》たアリスの言いかたに、チャールズは声をあげて笑った。

「寝ちゃってごめんなさい」リビングに戻ると、彼女は言った。「こんな退屈な夜は初めてでしょう」

「とんでもない」チャールズはアリスの鼻の頭を指で突いた。「退屈っていうのは、窮屈なタキシードを着て、気取った知らない連中ばかりの部屋で、義理を果たして帰れる時を今か今かと待つことだよ」

「よく言うわ」アリスは顔をしかめた。「高級なシャンパンを飲んで、美女に囲まれながらでしょう」

「ぼくの売りは正直さじゃないけど、それは本当のことだよ。きみとぼくたちの赤ん坊がいるここよりもいたい場所なんてまったく思いつかない」

〝ぼくたちの赤ん坊〟その言葉に、アリスがびくっとした。ぼくを人生に引き入れたことを、彼女は後悔しているのだろうか？　フリンとぼくが関係を築くことを望んでいるのは確かだ。だが、これほど気持ちが読めない女性は今までいなかった。彼女はぼくが本当の意味で心を奪われたただ一人の女性だ。

チャールズはしぶしぶ一歩後ずさった。アリスが距離を置きたがっていると思ったからだ。「きみももう寝たほうがいい」

はしばみ色の瞳の中に何かがちらついた。「それは、わたしがやつれ果てた女だから？」

チャールズはジーンズのポケットに両手を突っ込んだ。「ぼくが紳士でいようと努力してるからだ」

アリスは彼を見つめ、下唇を噛んだ。

チャールズの体を欲望が貫いた。それでも彼はドアに向かった。ドアを開けようとしたその時、アリスが二人の間の距離を縮め、彼の口の端にそっとキスをした。

紳士でいるのはもはやこれまでだ。

9

紳士でなんていてほしくない。軽率なのはわかっていたが、アリスはチャールズと片時も離れたくなかった。疲れ切っていても、彼女の中の欲求はひと晩中くすぶり続けていた。無理もない。チャールズは世の女性の夢なのだから。薄暗がりでフリンを相手に四苦八苦する彼を見た瞬間、アリスの理性は吹き飛んだ。チャールズが父親として本気で子育てに協力しようとする姿はこのうえなくセクシーだった。

キスの味わいは記憶のままにすばらしかった。スパイシーで上品で、ほんの少しエキゾチックで。

チャールズはアリスを抱き寄せ、顔を両手で包んだ。ゆっくり味わうような優しいキスだった。キスはその先への序章だ。世間知らずなアリスでも、ずっとそう思っていた。だが、チャールズのキスはそれが本題であるかのようだった。彼は急いで次のステップに進むことなく、引き結んだアリスの唇を舌でなぞり、誘うようにして開かせた。アリスは膝の力が抜け、とろけてしまうような気分を味わった。

チャールズは唇を重ねたまま体の向きを変え、アリスの背中をドアに押しつけてキスを深めた。彼の指がアリスの髪をかき上げ、キスはさらに熱く激しくなった。アリスの口からうめき声がもれた。その声にあおられたように、チャールズはアリスのお尻を両手でつかんで、自分のほうに強く引き寄せた。

「チャールズ」アリスの体は頭から爪先までうずいていた。「お願い……」自分が欲しいものを彼にどうやって求めればいいかわからなかった。

だが、その声で現実に引き戻されたかのように、チャールズはアリスから体を離した。アリスは苦しげにあえぎながら、ドアにぐったりともたれた。

「ごめん、アリス」彼はこわばった声で言った。

「やめて――」

チャールズは片手を上げた。「こんなことをしちゃいけなかった。だめなんだ……」彼は髪をかき上げ、歪《ゆが》んだ笑みをアリスに向けた。「きみはすてきな女性だ。でも、ぼくたちは先には進めない」

「どうして？」

率直な質問に、チャールズは目をしばたたいた。アリス自身も驚いていた。きっと性的な欲求不満がわたしを大胆にさせているのね。

「それは……」彼はアリスの体に視線をはわせた。

「二人の関係が複雑になってしまうからだ」

アリスは声をあげて笑い、キスで腫れた唇に手の甲を押し当てた。「今はそんなに単純な関係？」

「体の関係は事態をややこしくする。ぼくは……ぼくたちは子供のことに集中しなきゃならないんだ」

その考えはアリスも理解できた。それでも、拒絶されたような気がして、一方的に求めた自分がみじめで恥ずかしかった。わたしは彼とのキスを楽しんでいたけれど、チャールズは違ったんでしょうね。

アリスは取っ手をつかんでドアを開け、後ずさった。「わかったわ。おやすみなさい、チャールズ」

「アリス――」

「おやすみなさい」アリスはさらにきっぱりと言った。無理に彼と視線を合わせ、平静を装う。チャールズが片手を伸ばしたが、アリスは激しくかぶりを振った。「やめて。お願い」

彼はつらそうな顔で言った。「明日電話するよ」

〝やめて。わたしの人生に二度と関わらないで〟本当はそう言いたい。でも、彼はフリンの父親よ。フリンのためなら、わたしはどんなことでもするわ。

「明日ね」アリスは彼を見送り、ドアを閉めた。

だが翌日、チャールズは電話してこなかった。代わりに、昼前、新しいキャンペーンの日程を決めるミーティングの場に現れた。彼を見て、アリスは一瞬、息が止まった。あつらえのスーツにぱりっとした白いドレスシャツ姿で、髪の先はまだ濡《ぬ》れている。

会議室にいるリサーチ部門とマーケティング部門の女性たち全員に対して、チャールズは気を配り、魅力的に振る舞った。何より、彼はアリスとそのアイディアに敬意を表した。彼のあからさまな優しさを前にして、怒りを抱え続けるのは難しかった。まるで昨夜の埋め合わせをしようとしているみたいだわ。たとえ女性として魅力を感じなくても、チャールズはわたしを純粋にフリンの母親として大切に思ってくれている。なんとかそれで満足しなくては。

もちろん、チャールズの関心を引くタイプの女性と自分を比べながら今後の人生を生きていくのは楽ではない。彼の隣の席にはアマンダが座っていた。曲線美を際立たせる真っ赤なスーツ、艶やかなブロンドの髪。アマンダはチャールズにへつらい、ミーティングのあとのランチに誘おうとしていた。だが、彼はその誘いを断り、アリスのほうを向いた。

「ランチの約束に変更はないよね？」彼はきいた。

口がぽかんと開き、アリスはあわてて閉じた。

「ぼくのアイディアについて相談する予定だったろう。ヨーロッパのそれぞれの国に合わせたキャンペーンの調整とか、ぼくのつてをどう使うかとか」

「え、ええ」アリスはテーブルの向こうからにらみつけている上司に目を向けた。「構いませんか？」

「もちろん、構わないさ」チャールズはアマンダが答えるより先に言った。そして、アマンダに最高の笑顔を向けると、彼女の手を取って、手の甲にさっとキスをした。「きみなら理解してくれるよね？」

「もちろんよ」アマンダはくすくす笑った。

アリスは目をむいた。〝チャールズ効果〟だわ。

メレディスが立ち上がり、アリスの耳もとにかがみ込んだ。「彼は相当あなたにご執心ね」

「子供がいるからよ」アリスはささやいた。「わたしたちの間にあるのはそれだけ」

メレディスは不満げながらも反論はしなかった。

アリスは自席に戻ってバッグを持ち、彼のあとを追った。彼はロビーで待っていた。窓の外を眺める彼を、ベテランの受付係がじっと見つめていた。

「電話が鳴っているわよ」アリスは通りしなに受付のカウンターを軽く叩《たた》いた。

受付係は飛び上がったが、すぐにアリスに抜け目ない笑みを向けた。「あんな男性がそばにいて、英国の人たちは仕事になるのかしら？」

チャールズが振り向き、こちらへ向かってきた。

アリスは受付係の意見に同意せざるを得なかった。

彼はおずおずと微笑《ほほえ》んだ。「昨夜のことだが」

アリスはかぶりを振った。「その話はしたくないわ。特にここでは」受付のカウンターにはオフィスのほかの女性も二人集まっていた。まるで希少な展示物ね。発見困難な英国の独身男性。今の彼女は好奇の目を楽しませる気分ではなかった。「行きましょう」彼の腕をつかんで外へ連れ出す。真昼の日ざしは凶暴なほど強く、アリスはサングラスをかけた。

「オフィスにまた現れるなんて、どういうつもり？」

アリスはチャールズから手を離し、混み合った歩道を進んだ。だが、振り返ると、彼の姿がない。すると、彼はアリスの隣に並んでいた。

いぶかるアリスに、彼は肩をすくめてみせた。

「女性と一緒の時は、紳士は道路側を歩くものだ」

「女性が紳士を車道に突き飛ばす時のため？」

彼は微笑んだ。「ほかにも理由はあるけどね」

「それって、英国のしきたり？」

「どうかな。父が教えてくれたことだ」横断歩道で立ち止まると、チャールズはアリスを見下ろした。

「いつかぼくからフリンに教えるよ」

アリスの体に一瞬のうずきが走った。職場の女性たちも〝チャールズ効果〟にやられているかもしれないけど、わたしの彼に対する感情はもっと危険なものだわ。「わたしの質問に答えていないわ」

「キャンペーンの相談のためだ」信号が変わり、彼はアリスのひじをつかんで歩き出した。「それと、こそこそしないできみと過ごす機会が欲しかった」

「どうして?」アリスは思わずきいた。「あなたがどうしたいかは昨夜すべて聞いたつもりだけど」

「全然。ぼくはきみの友達になりたいんだ、アリス。ぼくたちの間の絆《きずな》は強力なものだよ」

子供のことを言っているのはわかっていても、彼の言葉に、アリスは震える息を吸い込んだ。「新聞で見る限り、友達ならたくさんいるみたいだけど」

「知り合いだよ。知り合いと友達は全然違う」

アリスは笑みを押し隠した。たとえ友達止まりでも、彼に選ばれたというだけでうれしい。

アリスの導きで次の交差点に近づくと、チャールズは周囲を見回した。「どこへ連れていくんだ?」

「オースティンで一番のランチを出すところよ」

「きみは食べることが好きだよね」

アリスはチャールズを見上げた。サングラスをかけていない彼の瞳は春の空とほぼ同じ色だ。

「人が生きていくために一番大切なことのはずよ」

チャールズはアリスの額にかかる髪を指先で払いのけた。「けなしてるわけじゃないよ、アリス。ただ、料理を食べないで、せっせと皿の端によけるような女性ばかり見てきたものだから」

「その人たち、サラダはいっぱい食べるのよね」

彼はうなずいた。「特にレタスがお好みらしい」

アリスは噴き出した。そして公園の近くの歩道を横切る小道を進んだ。「きっとびっくりするわよ、ミスター・フォーチュン・チェスターフィールド」

10

アリスにはいろいろな意味で驚かされる。父親だと明かされた時も驚いたが、そのレベルをはるかに超えている。アリスはぼくの評判やうわべの名声に左右されることがない。まるで初めての経験だったが、すぐにそのありがたみを感じるようになった。

そのいい例が、こうして二人で派手なペイントのRV車の前に立っていることだ。ステーキハウスや流行のビストロで食事をすることに慣れたチャールズがアリスに続いて行列に並んでいた。

「キッチンカー？」

「オースティンで一番のタコスよ」アリスは車の側面にぶら下がった大きな黒板を指さした。「日替わりスペシャルもあるけど、わたしのお気に入りはチキン・シンクよ。チキンの上にいろいろのってるの。アボカドディップ、グリーンチリ、サワークリーム、生チーズ、サルサソース、ちぎったレタス」

「おいしいわよ」前に並ぶ女性が肩越しに振り返った。彼女の目がチャールズをとらえた。「まあ」女性はつぶやいてから、わびるようにアリスを見た。

「気にしないで」アリスは言った。「いつものことだから。でも、そのうち見慣れてしまうわよ」

「そういうものなのね」女性は再び背を向けた。

「いつものことって？」二人の女性のやりとりが理解できず、チャールズは興味津々できいた。

「〝チャールズ効果〟よ」そう言ってから、アリスは頬を赤らめた。うっかり本人に言ってしまうなんて。列が進み、店員が手招きした。アリスはチャールズを振り返った。「どれにするか決めた？」

「〝チャールズ効果〟って何なんだ？」彼がきいた。

「わたしがまとめて注文するわね」アリスは彼の問いかけを無視して注文した。チャールズはアリスが財布を出す前に店員に紙幣を手渡した。「暑い中ここまで引っ張ってきたんだから、わたしが払うわよ」アリスは言い張った。

「ぼくは古くさい考えの人間なんでね」

出来上がりを待つためにわきにどくと、アリスはオースティンのあちこちにある屋台村について説明し始めた。「キャンペーンの目玉の一つにするべきだと思うの。食べ物は大きな売りになるわ。わたしのリサーチによれば、人気のレストランへ行くために本来の目的地から五十キロも移動する人が半数近くいるのよ」アリスはひと息ついてから話を続けようとしたが、チャールズがその唇に指を当てた。

「〝チャールズ効果〟について説明してくれ」

「それは……あなたに対する女性の反応のことよ」

「ぼくが女性たちに好まれるということか」

アリスは声をあげて笑った。「好むどころじゃないわ、チャールズ。うっとり見とれるのよ」

「でも、きみは違う？」

店員に呼ばれ、アリスはあわてて前に出て紙袋を受け取った。「すぐそこの噴水の近くに秘密のベンチがあるの。そこはたいてい空いているのよ」

「質問に答えてくれ」彼はアリスのあとを追った。

ベンチに到着し、二人で腰を下ろすと、アリスはホイルに包まれたタコスを分けた。「わたしたちの友情のおかげで、あなたの魔力を免れているわ」

「本当に？」

「ええ」アリスはホイルをはがし、タコスをひと口食べた。「早く食べて。昼休みは一時間だけなの」

「ぼくと一緒なら、ボスも大目に見てくれるよ」

「デイヴィッドは大丈夫だろうけど、アマンダは無理よ。彼女、あなたを独占したいんだもの」

「ぼくは彼女のものにはならないよ」チャールズは

タコスにかぶりつき、うなずいた。ランチにも連れにも大満足だった。こんなに楽しい時間は久しぶりだ。「このチキン・シンク、気に入ったよ」

「でしょう」アリスはにこっと笑った。「ロンドンにもキッチンカーはあるの？」

「あるよ。たいていは祭りか青空市場だけど。パスポートを作ったほうがいいよ、アリス。世界には見るべきものがたくさんあるから」

アリスは肩をすくめた。「仕事もあるし、子供もいるし。旅行するひまなんてないわ」

「デートをするひまも？」

アリスが激しくせき込んだので、チャールズは彼女の背中を叩《たた》いた。

「突然何を言うの」呼吸が戻ると、アリスは言った。

「ぼくの交友関係についてはいろいろ話すのに、きみのほうの話はほとんど聞いていないからね」

「話すようなことは何もないわ」

「じゃあ、デートはあれ以来、誰とも……」

アリスの頬が紅潮し、瞳が陰った。「ないわよ。そんなひまも、そんな気持ちもないわ。まったく」

「本当にぼくには何も感じないのか、アリス？」

「ええ」

チャールズは身を乗り出した。「ぼくがきみの気持ちを変えようか？」ひそめられた声は、あの一度きりの夜の高級なシーツのようになめらかだった。

「お断りするわ」アリスは立ち上がり、近くのごみ箱に包み紙を捨てると、彼のほうを振り返った。

「わたしたちは友達にしかなれないって言ったのはあなたでしょう。あなたがほかの人とどんなにいちゃつこうと構わない。フリンの心配だけしてくれればいいわ。余計な面倒は起こさないで」彼の顔には様々な感情がちらついている。「あなたは息子のためにやるべきことをやってくれると信じてるわ」

結ばれることが互いのためになるといいのに。でも、チャールズはその問題について明確な意思表明をした。彼がわたしにちょっかいを出すのは難題に挑戦したいだけよ。いい加減な遊び人のふりをしても、彼はフリンが傷つくようなことはしないわ。

「くそっ。きみは本当に高いハードルを設定するな」チャールズはタコスの食べ残しを紙袋に押し込み、額を袖で拭った。

アリスは彼と出会って以来初めて、冷静さを欠いたチャールズを見た。彼は酒や笑いを伴わないことを人から期待され、ほぼパニックになっているようだ。「今夜、ジルカー公園にある植物園の前の芝生で野外コンサートがあるの。フリンを連れていくつもりなんだけど、一緒に行く友達がいるといいかもしれないわ」

「確かに」彼はさらりと言った。

誘いを理解したのかどうか、アリスにはよくわからなかった。「二人でうまくやりましょう」アリスは彼の広い肩に頭を預けた。「チーム・フォーチュン・チェスターフィールドって感じで」

「チーム・フォーチュン・チェスターフィールドか」彼は繰り返し、アリスの腰に片腕を回した。

二人はそのまま数分間座っていた。アリスはチャールズの緊張がゆっくりと解けていくのを感じた。彼を意識しながらも、それをできるだけ無視し、呼吸を正常に保つ。性的な欲求不満はあるとしても、友達がいるのはうれしい。少なくとも、チャールズは子育てのパートナーなのだ。認めたくはないけれど、これからはもう一人ではないと思うと、アリスは心が安らいだ。

「そろそろ行かないと」離れたくないと思いながらも、アリスは顔を上げた。

チャールズは立ち上がり、彼女に手を貸した。

「まだキャンペーンの相談をしていないだろう」

「オフィスへ戻りながら話しましょう」

彼はうなずいたが、アリスの手を放そうとはしなかった。オフィスに戻らなければならないのに、アリスはその気になれず、チャールズもすぐに彼女を解放する様子はなかった。二人はキャンペーンについて話し合い、彼はアリスに、オースティンのお勧めを挙げてくれと言った。アリスは生演奏や料理、あちこちに見られる西部気質《かたぎ》といった典型的なものを挙げたところで、ふと思い直した。そういうものよりも、昔から興味を持っていたのは、オースティンの隠れた宝とも言うべき部分だった。

アリスは自由に落書きができる公園や、ハミルトン・プール・プレザーブという天然の屋根付きプール、大半の旅行者は訪れない博物館や美術館を挙げた。「おかしいかしら?」郊外にあるその場所の一つに案内すると約束したあと、アリスはきいた。

「わたしの仕事はテキサスをポピュラーにすることだけど、お気に入りの場所はそういうところなの」

「全然おかしくないよ」彼はアリスのひじをつかみ、交差点を渡った。「ぼくたちは共通点があるね。ぼくがロンドンで好きな場所は、お忍びで行けるような場所だ。ブルームズベリーの大英博物館に近い路地裏にある書店や、劇場街の外れにある家族経営のイタリア料理店とか。オースティンのきみのお気に入りの場所を案内してくれないか、アリス」

名前を呼ぶチャールズの声に、アリスは鳥肌が立った。立ち止まって雑踏の真ん中で彼にキスをしたいのをこらえ、アリスは歩き続けた。彼と好みが同じだとわかってどぎまぎしていた。出会ったとたん恋に落ちてしまうのも当然なんだわ。一夜限りの関係として始まったものがいつしか恋に変わっていた。

でも、チャールズは友人関係を持ちかけてきた。それで満足しなきゃならないのよ。

あっという間に観光局に着いた。「電話番の女性が怖いよ」チャールズはガラス扉の中をのぞき込んだ。「取って食おうって感じでこっちを見ている」

「そういう女性の視線には慣れているでしょう」

「でも、彼女はものすごく貪欲そうだ」

アリスは笑いながらかぶりを振った。「じゃあ、また今夜、チャールズ」

チャールズはうなずき、立ち去りかけたが、ふと振り返った。「また今夜」彼はそう言うと、アリスの髪に軽くキスをした。その仕草ににじむ親密さがアリスの胸を締めつけた。

この人がそばにいたら、日々の暮らしも、想像できないくらい刺激的でしょうね。


夕方、アリスはベビーカーを押しながら、ジルカー公園の人混みの中を進んだ。チャールズとは植物園の前の芝生で待ち合わせしている。人気のコンサートなので車より歩いてきたほうが簡単だからだ。

フリンが声をあげたが、アリスはあまり周囲に注意を払うことなくベビーカーの日よけを下ろした。

すると、一人の男性が歩道に立ちはだかった。

「すみませんけど」アリスは目を上げた。なじみ深い青い瞳。「チャールズ、あなただったのね」

「変装成功だ」彼は笑い、息子の髪にキスをした。

「テキサス人みたいだわ」アリスは横に並んだチャールズに言った。「でも、訛《なま》りでばれるわね」

「じゃあ、たくましく寡黙なタイプでいかなきゃな。我が内なるジョン・ウェインを呼び覚まそう」

アリスは笑みを押し隠した。たくましさについては、広い肩と大またの歩きぶりに充分現れている。いつもの英国風のしゃれた身なりでなくても、アリスの体は彼に反応していた。代わりにベビーカーを押そうと彼が差し出した手が手に触れ、アリスの体を熱い欲望が貫いた。色あせたジーンズにオレンジ色のテキサス・ロングホーンズのTシャツ、紺色の野球帽、そして、一緒に買ったワークブーツ。オースティンの二十代後半の男性の典型的なスタイルだ。

「そのブーツ、ずいぶん早く履きならしたのね」

「義理の弟の農場で働いたって言ったら信じる？」

「まったく信じないわ」

「ぼくのことがよくわかってるね、アリス・メイヤーズ」彼はアリスの髪をくしゃくしゃにした。「実はホテルのコンシェルジュに頼んだんだ。彼の息子がぼくと同じサイズで、建築現場で働いている」ぽかんと口を開けたアリスを見て笑う。「フォーシーズンズはまさに完全サービスだ」

「あなたに対してだけよ、チャールズ」アリスは丘の上のほうを手で示した。「あの場所でいい？　フリンの耳のためには、あのくらいステージから離れていたほうがいいから。それに、ぐずっても迷惑にならないし」混み合った芝生を見回す。「ただ、丘のほうはあまり日陰がないのよね。だったら――」

「あそこはどうだい？」彼は丘の中腹の木立を指さした。木陰にローンチェアーが二脚あり、前の芝生に敷物が広げられている。その横には籐《とう》のピクニックバスケットとアイスバケットがあった。

アリスはぽかんと口を開けた。「ホテルはあんなこともしてくれたの？」

彼はかぶりを振った。「午後は時間があったから、きみたちにいい場所を確保しようと思ってね」

「なんて言ったらいいか……ありがとう」

わたしは世界一幸運な女だわ。彼に導かれてピクニックエリアへ向かいながら、アリスは思った。これが本物のデートなら、もっと幸せだろうけれど。

アリスはそんな考えを振り払った。子育てはますます忙しくなるから、恋の心配をするひまもないわ。

アリスはフリンをベビーカーから抱き上げ、柔らかな敷物の上に下ろした。頭上で揺れる葉に目を奪われたフリンは母親と同様に満足げな様子だった。

「お飲み物はスパークリングウォーターかレモネー

ドのどちらかをお選びください」チャールズはおどけた仕草でアイスバケットを指し示した。

「レモネードをお願い」アリスはフリンの隣に腰を下ろした。チャールズは彼女に冷えたボトルを手渡すと、フリンを挟むように反対側に座り、ピクニックバスケットからチーズやクラッカーを出した。

「完璧ね」アリスはため息をつき、両脚を前に投げ出した。こちらのほうをちらちら見る人もいたが、誰もチャールズに気づいていないようだ。

「完璧な夜に」彼はスパークリングウォーターの缶を掲げた。

相変わらず意識はしてしまうものの、アリスはチャールズととても気軽に話すことができた。彼はアリスの子供時代のことを尋ね、英国で育った自分のきょうだいたちのことを語った。

小家族の独りっ子だったアリスは、息子がおじやおば、いとこたちに囲まれて育つのはすばらしいことだと思った。当然、その発想には不安が伴う。チャールズがフリンをホースバック・ホロウに、悪くすると、英国に連れていってしまい、自分は息子を失って、独り残されるかもしれないのだ。

今その話題を持ち出して、せっかくの楽しい雰囲気を壊したくない。チャールズは昼食の時に、顧問弁護士がフリンの扶養に関する書類をまとめていると話していた。親権の話はもう少し先でいいわ。

周囲の騒音にもかかわらず、フリンは眠りに落ち、アリスはベビーカーにあったブランケットをかけてやった。目を上げると、チャールズが靴を見つめていた。一見すると、シンプルな革のパンプスだが、内側にレースのバンドがあり、ヒールの両側にも同じようなレースの飾りがついている。控えめながらも肌がわずかにのぞき、ひどくセクシーな気分にしてくれる。これを履いてきたのは偶然ではない。友達でいることに同意はしたが、だからといって、彼を誘惑できる時に遠慮するつもりはなかった。

アリスは片方の足の爪先を伸ばした。

「これはまたすてきな靴だね。でも、ぼくはその下に隠れたもののほうに興味があるな」チャールズはアリスの足首に手を伸ばした。

「わ、わたしの足なら見たことがあるでしょう」

彼の手が靴を脱がせ、土踏まずを親指で押した。

アリスはうめき声がもれるのを止められなかった。おしゃれな靴は好きだが、足が痛くなることが多い。

「いい気持ち」アリスは目を閉じ、彼の手によるマッサージを味わった。

チャールズは片方の足のマッサージを終えると、もう一方の靴も脱がせた。これは前戯じゃないのよ。彼の手が体の別の部分に触れることを想像し、アリスは自分を戒めた。だが、アリスが白日夢に惑わされる間もなく、フリンが甲高い泣き声をあげた。

アリスはぱっとチャールズから離れた。

「おなかがすいたみたいね」声がかすれてしまい、アリスはどぎまぎしながら赤ん坊を抱き上げた。

「ぼくが用意するよ」チャールズは即座に言った。

アリスは靴を履かないまま、フリンを抱いて立ち上がった。チャールズは調合乳のボトルを振ってふたを開け、彼女に手渡した。アリスは彼に触れないように気をつけながらボトルを受け取った。

フリンが満足げにミルクを飲み始めた。チャールズは食事の残りの片づけにかかった。

「授乳がすんだらわたしがやるわ」

「いいんだ」チャールズは微笑《ほほえ》んだ。「きみだけのための〝王族のおもてなし〟だと思ってくれ」

フリンがミルクを飲み終えると同時に、バンドがステージに現れた。テンポの速いカントリーミュージックのカルテットだ。リードボーカルがバンジョーを演奏し、フィドル、アップライトベース、ドラムが伴奏する。聴衆は拍手喝采した。前方の数組のカップルが活気のある音楽に合わせて踊り始めた。

「なかなかいいね」チャールズはピクニックバスケットのふたを閉めた。

「オースティンの音楽はどれも最高よ」アリスはフリンを抱えて背中を叩いた。「音楽の街だもの」

「これぞ我がテキサスだね」チャールズは穏やかに言い、アリスのほうに手を伸ばした。

アリスはフリンを片手に抱き直し、チャールズの手にそっと自分の手を重ねた。彼はアリスをゆっくり回しながら引き寄せた。演奏がバラッドに変わり、三人は音楽に合わせて踊った。フィドルが奏でるメロディーに、アリスは心を揺さぶられた。ステージの後ろから昇ってくる月の輪郭がぼんやりと見えた。

「ほとんど息をしていないじゃないか」チャールズがアリスの耳にささやいた。

アリスは体を引いた。「息のしかたを忘れたみたい」苦しげに深呼吸をする。「音楽のせいよ」フリンを胸に抱きしめた。「フィドルの音色に弱いの」

見え透いた嘘《うそ》だとわかっているかのように、チャールズは片眉をつり上げた。「なるほど、フィドルか」距離を縮めないまま、音楽に合わせて爪先を踏み鳴らし始める。「こうしていると楽しいね」

アリスはフリンの頭にキスをした。「あなたが一緒だと楽しいわ、チャールズ」口をついて出た本心にうろたえ、ぱっと顔をそむける。これは一時のことなのよ。一緒にいるといつも勘違いしてしまうけれど、彼とのつながりは息子がいてこそなのよ。

「フリンを抱っこしたい?」アリスは彼に尋ねた。

チャールズは何か言いたげな表情で探るようにアリスを見たが、結局はうなずいた。「もちろん」彼は慎重に赤ん坊を受け取り、前腕の上でバランスを取ると、音楽に合わせてフリンを揺すり始めた。

アリスの胸は締めつけられた。アメリカ製の服を着て、聴衆に溶け込んでいるように見えるチャールズも、アリスにとっては相変わらずタブロイド紙で見てきた英国のプレイボーイのままだった。お金で買えるものなら何でも手に入れられる彼が、わたしの世界に、いえ、わたしの息子の世界に懸命に合わせようとしている。まるで下手くそだけれど。

こんな彼を見たら、愛さずにはいられないわ。

そう思った瞬間、アリスはよろめきながら一歩後ずさった。これはチャールズとの間で起こりうる最悪の結果だわ。だけど、わたしの心を動かしたのは〝チャールズ効果〟じゃない。彼の魅力や天性の女受けのよさじゃなく、名声をよりどころにしていない時の彼の優しさや本当の気持ちをかいま見たからよ。欠点もすべて含めて、あるがままのチャールズをわたしは見た。あれがわたしの愛する人なのよ。

でも、彼は決してわたしのものにはならない。

それを考えると、どんなに守ろうとしても、アリスの心はずたずたに引き裂かれた。

11

「美しい英国の心を忘れてしまったのかしら？」

チャールズは食事を中断し、目の前のテーブルに投げ出された白黒写真に目をやった。彼はテキサス観光局に向かう前にさっと朝食をすませようと、ホテルのレストランに立ち寄っていた。

前の晩をほぼ一緒に過ごしたというのに、チャールズはアリスに会いたくてそわそわしていた。コンサートのあと、彼女とフリンを家まで送ってから、タクシーに乗って、空っぽのホテルの部屋に戻った。

アリスは家に招き入れてくれなかったが、それはしかたがない。友達関係を提案したのはこっちなのだ。だが、それでよかったのだといくら自分に言い聞かせても、残念な気持ちには変わりなかった。

いつもは相手の女性にすぐ飽きてしまうが、アリスは違う。欲望を果たせなくても、一緒にいるだけで楽しい。彼女はぼくを生身の人間として扱ってくれる。なにげなくからかったり、ふざけたり。一緒にいたいと思うのには、フリンの存在も大きい。責任を極力逃れて生きてきたぼくだが、今はとにかく変わりたい。そのチャンスをアリスが与えてくれる。

「どういうことです？ ぼくを尾行していたんですか？」チャールズの声はこわばり、軽蔑がにじんでいた。幸せな家族のような三人の写真は気に入ったが、これは最悪の人権侵害だ。ただ、目の前に立つ人物はパパラッチやタブロイド紙記者ではない。

品格の典型のような女性が彼を見下ろしていた。高齢ながら、磁器のような肌にはしわ一つない。漂う威厳に逆らう者はほとんどいないだろう。だが、チャールズは明白な挑戦を前にひるむ男ではない。

「ケイト・フォーチュン」彼は得意の微笑を浮かべた。「お目にかかるのを心待ちにしていました」

「そういうリップサービスはあなたのセレブなグルーピーのために取っておきなさい」彼女はマニキュアをした指でテーブルを叩《たた》いた。「アメリカ人の変装をしていても、うちの者たちがこんなに簡単にあなたの正体を見抜くなら、秘密はじきにばれるわ」

チャールズは唇を引き結んだ。「テキサスにいる間くらいはプライバシーが欲しいですね」

ケイトは整った眉の片方を上げた。「席を勧めてくれないのかしら？」

「どうぞ」チャールズは立ち上がり、隣の椅子を引いた。「お座りください、ミズ・フォーチュン。メニューをご希望ですか？ ワッフルが絶品ですよ」

「ワッフルは結構」彼女はわずかに表情を緩めた。

ルーシーによると、ケイトは病気になり、冬の厳しいミネソタ州ミネアポリスの自宅よりも、オースティンのほうが回復しやすいと、医者から勧められて滞在を延ばしたのだという。チャールズはケイトのシルクのスーツが大きすぎることに気づいた。

「まだ会社や自分のことをできるくらいの体力はあるのよ」彼の心を読んだように、ケイトが言った。

「一族のこともですね？」

「生意気な子ね」ケイトはつぶやいた。

「母からもいつもそう言われていました」

ケイトは膝にナプキンをかけ、コーヒーを注文した。「思っていたよりもあなたが気に入ったわ」

「では、ご期待を上回り続けるよう努力します」

「あなたにしては珍しい行いだわね」

「フォーチュン家のほかの子供たちとも、こんなふうに感じよく話したんですか」

ケイトは微笑《ほほえ》んだ。「とんでもない。わたしはそれぞれの相手に合わせて会話をするのよ」

「最近ルーシーと話しましたよね」

「あなたの妹さんはすてきな女性ね。お母さんに似て」

「そのとおりです」

「あなたはお父さんによく似ていると思うわ」

チャールズは体がこわばるのを感じ、動揺が視線に表れないようにするのに苦労した。「あなたはサー・サイモンの何を知っているんです？」

「立派な人物だったことは知っているわ。それ以上にすばらしい父親だったことも。フォーチュン家については分家まですべて調べたわ。英国のあなたたちは注目の的だったから、調査も簡単だった」

「タブロイド紙には嘘《うそ》も多いですよ」

ケイトは唇の片端を上げ、品定めをするように彼を見た。「つまり、あなたはその見た目と家名で人生の大半を楽に乗り切ってきた重症のピーターパン症候群のプレイボーイじゃないってこと？」

「ぼくは……そんな……」チャールズは懸命に息を

整えようとした。左右を見たが、ケイトの辛辣な言葉を聞いた者はいないようだ。この事実上初対面の相手に簡潔で的確な批判をされ、憤慨するべきか、困惑するべきか、その両方なのかわからなかった。

湯気の立つコーヒーが届くと、ケイトはほんの少しクリームを入れてかき混ぜ、スプーンをそっとどかして、きちんとソーサーの上に置いた。すべての動作が秩序立っている。アリスとフリンのことを知ったあとに、ぼくを捜し出したのも偶然ではないだろう。そう思ったとたん、今まで感じたことのなかった保護本能がチャールズの中にわき起こった。

チャールズが懸念を口にする前に、ケイトは片手を上げた。「あなたをつけ回すつもりはないわ。わたしの目的は一族の化粧品会社の未来を守ることよ。わたしのもとでビジネスを学び、わたしがしてきたように会社に身を捧《ささ》げる人間が必要なの」

普段は旺盛な朝の食欲を失い、チャールズは皿をわきに押しやった。「それはぼくじゃない」

「尋ねているの、それとも、宣言しているの？」

「どっちも少しずつ。ぼくはあなたの化粧品会社を経営することに興味はないし、あなたもぼくが会社に身を捧げるタイプだとは思っていないでしょう」

ケイトはカップ越しに彼を見つめた。巧みな化粧をした彼女が口紅をつけているのは確かだが、白い磁器にはまったく色がついていない。何もかも完璧だ。「調査の結果、あなたは英国の観光業界にとって非常に有用な人間だとわかったわ。見かけによらず、観光大使としての役割を真摯に受け止めているようね。でも」ケイトはカップをテーブルに置いた。「あなたは家族の大切さや身近な人との絆《きずな》を保つために必要な責任を本当に理解しているかしら」

「息子に対する責任は果たしています」チャールズはテーブルの端を強く握りしめた。「フリンの存在を知ってからは、これまでの人生に存在した何よりも誰よりも息子を大切にしてきました。何があろうと養育を受け続けられるように手配もしてあります。息子と一緒に過ごすため、予定を延期してオーースティンに留《とど》まることにしました。いずれは一緒に暮らすつもりです。サー・サイモンにはかないませんが、あなたやほかの人がぼくをどう思おうと、ぼくは必ずあの子にとって最善の父親になります」

ケイトは子供をなだめるように彼の手を叩いた。

「ぴりぴりしないで。問題は息子のことじゃないのよ。赤ん坊を愛するのはたやすいことだもの」

彼はうなずいた。確かに、息子のことはすぐに好きになった。ただ、アリスについては……。

「でも、世代を超えた一族の絆も重要よ。複雑で厄介な場合もあるけど、肝心なのは絆を守ることよ」

「その絆にロビンソン家も含まれるんですか？」

ケイトが天を仰いだ。「それは複雑な状況ね」

「確かにそうですが、一族の名においては、彼らもぼくたちと同じくらい重要な存在でしょう」

ケイトは考え込むように眉根を寄せた。「わたしの情報源によると、ベン・ロビンソンはジェローム・フォーチュンの母親を見つけ出したそうよ」

「ぼくもそう聞いています」チャールズはルーシーから聞いたほかの情報をあえては明かさなかった。

「ジェロームの母ジャクリーン・フォーチュンは、自分の息子は死んだと言い張ったようよ」

「それを信じていますか？」

ケイトはかぶりを振った。「いいえ。あなたは？」

彼女は目を細めて身を乗り出した。

「信じません」チャールズは少し間を置いて言った。「でも、おっしゃったように状況は複雑です。ぼくは父親がいて幸運だったと思います。父親のいない子供もいますし、ジェラルド・ロビンソンは親として少々厄介な人物らしいので」ロビンソン・テックの御曹司についてはよく知らないし、ロビンソン家の子供たちも、前年の慈善行事で二人に会っただけだ。ルーシーは大手コンピューター会社で研究開発を担っているウェス・ロビンソンの婚約者ヴィヴィアン・ブレアと友達になった。ルーシーは一族内の関係について詳しく話したがったが、自分のことで手いっぱいだったチャールズに、フォーチュン一族のほかの分家の心配をする余裕などなかった。

「彼は自分がジェロームだと認めようとしないのよ」ケイトは心配そうに唇を引き結んだ。

「でも、彼の子供たちはそう信じています」チャールズは静かに言った。「彼らは真実を知りたい気持ち以上にフォーチュン家の名を求めているんです」

「フォーチュン家の名は影響力を持っているから」

「ロビンソン家もそうです。彼らはお金を必要としているわけじゃない。ジェラルドのように厄介な人間に立ち向かうのは容易なことじゃないんです」

「ジェラルドじゃなく、ジェロームよ」

「彼の正体については意見が一致しましたね」

「それ以外でも合意できるかもしれないわよ」

「あなたの会社を引き継ぐ人間として、ぼくは最悪の選択肢だということとか」

ケイトは楽しそうに目を輝かせて笑った。「あなたは本当に悪たれね、チャールズ・フォーチュン」

「愛すべき悪たれ、と言ってほしいですね」

ケイトは整った片眉をつり上げた。「それも聞いたことがあるわ」バッグを手に取り、ベルベットの小箱を取り出す。「あなたにあげるものがあるの。フォーチュン一族に長年伝わるものよ」

チャールズはとっさにかぶりを振った。「ぼくがもらうわけには――」

「わたしがあげると言っているんだからいいのよ。黙ってありがたく受け取りなさい」

「はい、わかりました」

ケイトが小箱をよこした。「開けて」

チャールズは豪華なエメラルドのエンゲージリングをそっと取り出した。中央の宝石をきらめく小さなダイヤモンドが囲んでいる。年代物らしいその指輪はアールデコ調で、かなりの値打ちものだと思われた。上端に金属のすかし細工があり、Ｆの文字がデザインされている。「すばらしいですね」彼は微笑んだ。「でも、ぼくにはちょっと小さいかな」

「あなたのじゃないわ」ケイトは目をむいた。「だけど、必要にはなるでしょう」

アリスの顔が頭に浮かび、チャールズの胸は高鳴った。だが、同時に不安で息が詰まりそうになった。指輪を渡すほど女性と深い関わりを持つなど想像したこともなかった。相手を失望させるのがわかっているからだ。その女性がアリスだったら、フリンとの面会を拒否されることになってしまう。

「そうは思いません」彼は手縫いのシャツの襟を直すと小箱を閉じ、ケイトのほうに押しやった。

「アドバイスを一つ」ケイトはそれを押し戻した。

「一つだけ？」チャールズは皮肉った。

ケイトはにやりとした。「考えてばかりいると、頭から火が出るわよ。たとえ使わなくても持っていなさい、チャールズ。でも、指輪のことはあまり考えないで。自然がいいのよ。自分の直感に従って」

チャールズはかぶりを振った。「ぼくの直感は最悪ですよ。知り合いの誰かにきいてみたらいい」

「アリス・メイヤーズはあなたのいつものタイプじゃないけど」ケイトはゆっくりと立ち上がった。

「彼女に関して、あなたの直感は間違っていた？」

彼も立ち上がり、指輪の小箱をつかんだ。次の瞬間、奇妙なことが起こった。ケイトに突き返すはずの小箱を、彼はポケットに押し込んだのだ。

美容業界の大物の顔に笑みが広がった。

「年より若く見えるからといって、年相応の知恵がないわけじゃないのよ」ケイトは手を差し出した。

「ミズ・フォーチュン、とても楽しかったです」チャールズは握手をする代わりに、最敬礼をして、ケイトの手の甲にキスをした。

「悪たれだこと」ケイトは目をきらりとさせた。

「後継者選びのご成功を祈っています」

「ありがとう、チャールズ」ケイトはくるりと背を向けると、周囲の客がみな見つめる中、ゆっくりと出口に向かった。注目の的になるのには慣れているのだろう。「あなたの新しい家族の幸運を祈るわ」

ケイトは肩越しにチャールズに呼びかけた。

〝新しい家族〟なかなかいい響きだ。ふいに食欲が復活し、彼は腰を下ろして朝食の残りを味わった。

「もう限界だわ」アリスはポテトフライをケチャップに浸した。「過食のせいで、二週間で一キロ太ったのよ」金曜日、彼女は友人をランチに誘った。

「彼を避けようとしてもむだよ」メレディスはサラダにフォークを突き立てた。「しょっちゅう会いに来るんだから。我らが〝愛《いと》しのチャーリー卿《きょう》〟をおろそかにしたら、アマンダが怒り始めるわ」

「町で一緒にいるところを見られたら怪しまれるって、彼はどうしてわからないのかしら?」

「そう怪しくもないわよ。一緒にキャンペーンの仕事をしているんだもの。彼はテキサスの観光地を演出するすばらしいアイディアを持っているって、グラフィックデザインのジュリーが言っていたわ」

「それは本当よ」アリスは言った。「彼は世界の観光産業のトレンドを誰よりも把握してる。でも毎日ランチに誘ったり、終業時にわたしのところへ来て、車までついてきたりするのはおかしいでしょう」

「確かに。誰かがあなたを紳士的に扱うなんて、神が許さないわよ」メレディスはおどけて言った。

アリスは目をむいた。「わたしが言ってる意味、わかるでしょう。男はわたしに目もくれないって」

「そのしゃれたハイヒールを除いたら、あなたのすべてが叫んでいるものね。見るな触るなって」

「そんなこと叫んでないわ」アリスは反論した。

「あの避妊具があなたのバッグの中で長いこと放置されていたのはなぜなのかしら？」

「あなたと一緒に出かけると、わたしは男の目に留まらないからよ」

「チャールズは目を留めたじゃないの。ミーティングで誰かが話している時、彼があなたを見つめていることがあるのよね。そのまなざしったら……」

「何なの？」

「熱いのよ。まるであなたが冷たい一杯の水で、彼は何カ月も真夏の荒野をさまよっていた人みたい」

「やめてよ」アリスは照れくささで頬が熱くなった。

「あなたの言いたいことはわかったから」

「本当に？　その目の下のくまと、いつもいらついていることを考えると、わかっているのかどうか」


「わたしには生後四カ月の子供がいるのよ」

「そのうえ、欲求不満なのよね」

「そんなこと、大声で言わないで」アリスは辺りを見回し、誰も聞いていなかったことを確かめた。

「だって、事実でしょう。チャールズはあなたを求めている。なのに、彼をもう一度ベッドに連れ込まないなんて、あなたはおばかさんだわ」

「いろいろ複雑なの」アリスはどっとため息をついた。「彼もこれ以上複雑な状況は望んでいないわ。友達関係に留めようというのは彼の考えなのよ」

「もっと彼を誘惑したほうがいいわ」

「彼の意思は尊重するべきよ。わたしたちの間に何か起こったら、彼とフリンの関係に影響してしまう。そうなったら、わたしは自分を許せないわ」

「こんな生活を一生続けられると思ってるの？」

「続けなきゃならないのよ」アリスは顔を両手に埋《うず》めた。「だんだん楽にはなっていくでしょう」

「そうはならないと思うけどね。今夜のカクテルパーティには彼も来るの？」

「ええ」夏休みシーズンの始まりに際し、テキサス観光局がイベントを催すことになっている。今はやりのダウンタウンの東側地区にある新鋭の画廊を借り、オースティンの著名な実業家や市民リーダーを招く。チャールズも当然そのリストに載っている。

「彼、タキシードで来るかしら？」

「たぶん」

「じゃあ、楽になるなんて無理ね」メレディスはウインクをした。「タキシード姿の彼は最強だもの」

「すてきよ、アリス」リン・メイヤーズは娘からおむつバッグを受け取り、キッチンへ向かった。パーティの一時間前、アリスは実家にフリンを預けに来た。ひと晩預けるのは初めてのことだった。

アリスはベビーカーを押しながら母親に続いた。フリンは満足げにおしゃぶりをしゃぶっている。

「預かってくれてありがとう、ママ。本当に大丈夫？」不安がアリスの胃に重くのしかかった。「終わったら、眠ったまま連れて帰ってもいいけど」

「ばかなこと言わないで。パパとわたしは孫をひと晩独占できると思って、わくわくしているんだから」母親はおむつバッグをキッチンのテーブルに置き、父親の肩を叩いた。「そうよね、ヘンリー？」

父親ははっとして、読んでいた本から目を上げた。

「赤ん坊を預かるのか？　どのくらいの間？」

リンはかぶりを振った。「たったひと晩よ。このことは先週話したでしょう」

「そうか」父親は眠たげな笑みを浮かべてアリスを見た。「聞いても忘れてしまうことがあってね」

「いいのよ」アリスは父親の頬にキスをした。

「その上にセーターを羽織りなさい」ヘンリーは赤いドレスに目を留めた。「肌の露出が多すぎる」

アリスはチャイルドシートをテーブルに置き、ドレスを見下ろした。レース重ねの生地のシンプルなボートネックのドレスは、ぴったりしているが、比較的控えめだ。「肌が見えるのは腕だけよ」

「腕を隠しなさい。男に邪心を抱かせないように」

「邪心だなんて。古くさいことを言わないで、ヘンリー」リンはチャイルドシートからフリンを抱き上げた。「今日のアリスはすてきだわ」

「だから問題なんだ」ヘンリーが言い返した。

「大丈夫、問題なんてないわ、パパ。男の人たちはわたしになんて興味を持たないから」

父親はテーブルに手を突いて立ち上がった。「少なくとも一人の男は興味を持っただろう」ヘンリーはフリンを指さした。「わたしは老いぼれだが、赤ん坊がどうやってできるかはわかっているよ」

アリスは訴えるように母親を見た。

「ヘンリー、わたしがフリンのために買ったポータブル・ベビーベッドを組み立ててくれるかしら？二階の元のアリスの部屋に箱があるから」

「任せてくれ」父親は孫のほうを向いた。「南北戦争のドキュメンタリーについてどう思うかね？」ヘンリーはフリンの小さな爪先をくすぐった。

赤ん坊はうれしそうに声をあげ、祖父を笑わせた。

「いい指摘だ。では、独立戦争から始めよう」ヘンリーはアリスのほうに足を踏み出し、そっけなくハグをした。「今夜どこへ行くかは知らないが、そこでお前が一番美しいことだけは間違いない」

「ありがとう、パパ」こみ上げる感情で、アリスは声が詰まった。学者ばかそのものの父だが、愛してくれていることはわかっていた。

のろのろと廊下へ向かったヘンリーは、肩越しに娘に呼びかけた。「セーターを着て行きなさい」

リンはアリスに穏やかな笑みを向けた。「パパはよかれと思って言ってるのよ。でも、パパの言うとおりね。今日のあなたは本当にきれい。ママに内緒にしている何かが起こっているんじゃないかしら」

アリスはとっさにかぶりを振った。「話すようなことは何もないわよ」

「あなたと恋人との関係に何か変化があったの？」

「恋人なんていないわよ、ママ」

「でも、好きな人くらいいるでしょう」

心の底から求めている特定の人ならいるけれど。

「フリンの幸せがわたしの一番の望みよ」アリスはおむつバッグの前ポケットから紙を取り出した。

「今夜のためのメモなの。寝る前にもう一本ミルクを飲ませて。よく寝てくれるといいんだけど。昨夜は二回目を覚ましたの。パーティが終わったら、ここに戻ってこようかしら。そのほうがフリンが目を覚ました時に、わたしが対処できるから」

リンはかぶりを振った。「ひと晩くらい大丈夫よ、アリス。パーティが終わったら、家に帰って寝なさい。あなたは立派な母親よ。でも、どんなに立派な親にも休みは必要なのよ」

「ありがとう、ママ」アリスは母親の肩を抱いた。

ひと晩中眠れると思うとわくわくしたが、アリスはなかなかその場を離れられずにいた。おむつバッグの中身を見直したり、父が組み立てたベッドをチェックしたり……。しびれを切らしたリンが、とうとうアリスをドアの外に押しやった。

ダウンタウンに向けて車を走らせるうち、アリスの不安は薄れていった。実家にいればフリンは大丈夫よ。アリスはラジオをつけ、お気に入りの放送局を選ぶと、聞き慣れたポップミュージックの曲に合わせて歌った。スタミナと精神的安定を取り戻すために、ひと晩くらいの休息が必要かもしれない。

会場に着く頃には、チャールズに会う心構えもできていた。平日はほぼ彼を避けていたアリスは、二人の関係に注目されたり疑いを抱かれたりしないいために、パーティでは距離を保っていようというメールを彼に送った。フリンの中にチャールズを見ることが日に日に増えていた――笑った時の青い瞳から、不機嫌な時のこわばった顎まで。チャールズと一緒にいるのをたびたび見られたら、二人の本当の関係がばれるのも時間の問題だ。いずれはそうなるとしても、できるだけ先延ばしにしたい。

チャールズから返信はなかった。アリスが会場に着いた時、彼の姿はなかった。一緒にいたいくせに距離を置きたいというわたしの優柔不断さに、彼はうんざりしたのかもしれない。わたし自身うんざりしている。長い目で見ればそのほうがいいのだと自分に言い聞かせ続けても、距離を置くことには嫌気が差していた。飽きっぽさで知られているチャールズがいつ別の女性に乗り換えるかもわからない。

車はアパートに置いてタクシーでパーティに来ていたので、アリスはウエイターからシャンパンのグラスを受け取り、メレディスと並んで会場を進んだ。

数人の男性がちらちらとこちらを見ている。メレディスの言うとおりかもしれない。男性との付き合いがないのは、慎重になりすぎてしまうからだわ。

鏡をのぞき込むと、そこには今も分厚いメガネをかけて歯の矯正をした文学少女がいる。でも母になって、わたしは変わった。それは睡眠パターンだけじゃない。独りで母親業をこなしているという思いが自信となり、自分に対する見かたが変わったのだ。

そろそろほかの人に対する認識も改めないと。アリスは友人を残してバーに近づき、先ほど微笑みかけてきた一人の魅力的な男性の隣に割り込んだ。アリスの腕が上着に触れた瞬間、彼は笑顔で振り向いた。温かいコーヒー色の瞳はすてきだったが、チャールズの鮮やかな青い瞳とはまるで違っていた。

「一杯おごらせてもらえるかな？」男性がきいた。

「今夜はフリードリンクよ」そう指摘してから、アリスはぎゅっと目を閉じた。もうへまをしてしまったわ。彼は話のきっかけとして言っただけなのに。

だが、男性はただにっこりと微笑んだ。

「じゃあ、飲み物の注文だけして、明日のディナーをごちそうさせてくれ」彼は片手を差し出した。

「ぼくはトロイ。その靴、とってもすてきだね」

アリスはチャールズが買ってくれた赤いストラップのサンダルを見下ろした。恋しさに胸がうずく。

「ありがとう。わたしはアリスよ」男性の手に自分の手を重ねた。何も感じない。チャールズに触れるたびに感じる火花のようなものはいっさいなかった。

アリスは全身を貫く失望感に気づかないふりをした。

「よろしく、アリス。何を飲む？」

アリスは腕がつかまれるのを感じた。

「注文はしなくて結構」きびきびした英国訛《なま》りだ。

アリスが振り返ると、チャールズが彼女の隣に立つ男性をにらみつけていた。

「チャールズ・フォーチュン・チェスターフィールド」トロイは目を見開いた。「評判は聞いてるよ」

チャールズの表情がさらに険しくなった。「そっちの評判も聞いているよ、ワーナー」彼はアリスの腕を引っ張った。「失礼させてもらう」

「やめて」アリスは声をあげた。チャールズに引っ張られた腕の反対側の手首をトロイがつかんだ。

「彼女は行きたくないんじゃないか」トロイがことさらゆっくりと話した。テキサス人の訛りがきつくなる時は揉《も》めごとが起こる前兆だ。

トロイ・ワーナー——ヒューストンに本社がある国内最大の非上場の石油会社の跡継ぎ。ワーナー一族は州の観光事業を長年支援してきた。州中央部の丘陵地帯に広大な観光牧場を所有するほか、州のいくつかのプロスポーツチームに出資もしている。

アリスが周囲を見回すと、たくさんの人がこちらを見ていた。自分の殻を破りたいと思っただけで、見世物になりたいなんて思ってもいなかったのに。「いい加減にして」アリスは二人の手を振りほどいた。「張り合うようなことじゃないわ」

トロイはチャールズをにらみつけたまま言った。「きみはそれでいいのか、スウィートハート?」

「ええ」アリスはバーの反対側からアマンダが両眉をつり上げて見ていることに気づいた。とにかく早く平穏にこの状況を解消しなければ。「化粧室に行くので、お二人とも失礼。ばかげた張り合いがすんだら、握手するなり背中をたたき合うなりして」アリスは作り笑いをすると、トロイのほうを向いて、礼儀正しく、だが、よそよそしくハグをした。チャールズの不平の声は無視する。「ディナーのお誘い、ありがとう。せっかくだけどお断りするわ」次に、アリスはチャールズの腕をつかむと、人目につかないように爪を食い込ませ、笑顔のままささやいた。

「なぜわたしが怒ってるかわかるわよね」彼は口を開きかけたが、アリスはかぶりを振り、周囲に聞こえるように言った。「化粧室へ行くわ」

好奇の視線を浴びたせいで頬は紅潮し、脚も震えていた。あわただしくその場を離れたアリスは化粧室を素通りし、そのまま鋼鉄製の防火扉を開けてビルの裏の通りへ出た。外はまだ暖かかったが、パーティの雰囲気ほどの息苦しさはなかった。

チャールズはいったい何を考えているの? 会場にいる人はみな、わたしたちが仕事仲間だと思っているのに。あの騒ぎで疑問を抱かれるかもしれない。でも、会場に戻らないわけにはいかないわ。アリスが息を整えようとした時、鋼鉄の扉が開いて、チャールズが現れ、激しいまなざしを彼女に向けた。

アリスは口を開きかけたが、言葉を発する間もなく、彼の唇が押しつけられた。ひたすら求め、激しく酔わせるキスがアリスの思考をすべて溶かした。

12

アリスはぼくのものだ。チャールズは彼女を強く引き寄せた。それでも、体の中で渦巻く欲望と怒りと鬱憤は高まるばかりだった。彼の両手がアリスの背中をさまよった。ゴージャスなドレスをはぎ取り、その下にある美しい体にじかに触れたい。

パーティでは距離を保とうとアリスに提案されたが、彼女に対する情熱を無視するのはもう限界だ。嵐のように激しくアリスに襲いかかりたかった。

一方で、アリスがそう望むなら、なんとか距離を保とうと思って、パーティに来たのも確かだ。

そこで、アリスがトロイ・ワーナーとバーにいるところを目撃した。彼のことはよく知らないが、街で何度か見かけたことがある。決まって美しい女たちに囲まれていた。チャールズ自身もそうだった。少なくとも、アリスと出会うまでは。

アリスはぼくのものだ。子供がいるからというだけじゃない。これまでのぼくは責任ある関係を避け続けてきた。アリスに対してもそうだ。でも、ぼくは変わった。アリスのおかげで。アリスのために。

その瞬間、ほかのことはどうでもよくなった。アリスのそばに行くことしか考えられなかった。

だが今、人気のないこの路地でアリスに襲いかかっても、彼女の心は勝ち取れないだろう。

チャールズはキスを緩め、アリスを抱く腕から力を抜いた。だが、アリスは身を引こうとする彼の首に腕を巻きつけ、襟元の髪に指を絡めてきた。

その反応で彼の欲望に再び火がついた。しばらくの間はキスをやめることなど考えもしなかった。

結局、身を引いたのはアリスのほうだった。その瞳にあった欲望が見る見るうちに怒りに変わった。

「ひどい人」アリスは唇を指先でなでた。そうすることで彼のキスを消し去れるかのように。

「ごめん」チャールズは反射的につぶやいた。

だが、怒りが静まるどころか、アリスの表情はさらに険しくなった。「何に対して謝ってるの?」

チャールズは髪をかき上げ、アリスが満足しそうな答えを探した。「きみを怒らせたことに対して」

アリスは目をむいた。「それだけ? もっと具体的に言えないの? それとも、いつも相手をなだめすかすだけで窮地を切り抜けているの?」

「確かに、トラブル回避はちょっとした得意技だ」

アリスは彼を見つめ続けた。とびきりセクシーな赤いサンダルの先で歩道を踏み鳴らしながら。

「その靴、最高だね」

「話をそらさないで、チャールズ」

「きみの言うとおりだ」彼は吸った息をゆっくり吐き出すと、とっておきの笑顔を作った。

アリスはわずかに目を細くしただけだった。

「ごめん」彼はもう一度謝った。「騒ぎを起こしてしまって。でも、わかってほしいんだ——」

アリスは片手を上げた。「言い訳は結構よ。わたしは仕事で自分の力を証明したいの。ようやく巡ってきたそのチャンスを、あなたのせいで台無しにするわけにはいかないわ。わたしのキャリアなんて、あなたにとってはどうでもいいことかもしれないけど、わたしにとっては大切なことなのよ」

「落ち着いてくれ、アリス」チャールズは彼女に歩み寄った。「ぼくにとっても大切なことだよ。きみは大切な存在だから。でも、トロイ・ワーナーがきみに色目を使うのを黙って見ていられなかったんだ」チャールズは彼女の手をとらえて自分の唇へと運んだ。「きみのこと以外、何も考えられないんだ、アリス。きみを笑わせたい。きみの話を聞きたい。

気が遠くなるまできみにキスをしたい」華奢《きやしや》な手を裏返すと、彼は手首の内側の繊細な肌に唇を押しつけた。「ぼくのベッドでまたきみを味わいたい」

アリスは息をのみ、唇をなめた。その仕草が彼の体をさらに熱くした。「あなたが言ったのよ。わたしたちはただの友達であるべきだと」

「ぼくは救いようのないばかだ」

アリスは少しだけ口もとを緩めた。「わたしたちのことは誰にも知られたくないわ。そのほうがいいと思うの。フリンにとって」いったん言葉を切ってから付け加える。「わたしたちみんなにとって」

そのとおりだと言い切る自信はなかった。だが、今のチャールズにはほかにもっと明確にしたいポイントがあった。「それはイエスということかな?」

「あなたに質問された覚えはないけど」

「フリンは今夜きみの実家にいるんだよね。今夜はぼくと一緒に過ごさないか、アリス?」

チャールズは息を詰めて待った。ようやく〝イエス〟というささやき声が聞こえると、再びアリスを抱き寄せ、唇を合わせた。このたったひとことが重要なのだ。アリスは簡単に体を許すタイプの女性ではない。彼女が同意したことにはなんらかの意味があるはずだ。迷いや不安はある。それでも、ぼくは彼女にとって意味のある存在になりたい。

友達よりももっと意味のある存在に。

「車は駐車係に預けてある」チャールズは言った。

アリスは首を振った。「パーティに戻らないと。二人同時に消えたら疑われるわ。一時間待って」身を乗り出し、唇を重ねてささやく。「お願い」

「ぼくの人生で最も長い一時間になりそうだ」

「ごめんなさい」アリスは顔を曇らせた。

チャールズは再び彼女にキスをした。「きみには待つだけの価値がある」彼は重い扉を開けると、アリスに先に入るよう促した。「会場でまた会おう。

一時間辛抱すれば、本当の楽しみが始まるよ」

五十五分が過ぎた頃、アリスは思った。チャールズが言ったとおり、人生で最も長い一時間だわ。

会場に戻ったアリスはメレディスと合流したが、友人の問いかけの視線には気づかないふりをした。アマンダにつかまりそうになった時も、観光局の支援者たちと会話を続けることで乗り切った。

会話を続けるのもひと苦労だった。チャールズと目が合うたびに肌はうずき、みぞおちがざわついたから。一時間をやり過ごすには物理的に距離を置くしかなく、二人は会場の両端に離れて立っていた。

アマンダがチャールズに露骨に色目を使う様子が視界に入ったが、アリスは気にならなかった。口紅を塗り直した今も、唇にはキスの余韻が残っている。

独身を貫く彼との未来を思い描くのは難しいかもしれない。でも、今夜の彼はわたしを求めている。誘いを拒むことも頭をよぎった。彼がわたしに飽きた時は、間違いなく苦しみが待っている。わたしだけじゃなくフリンにまで影響が及ぶ可能性がある。

それでも、わたしはチャールズを拒めない。ひと晩で彼のことを忘れられるとは思えないけれど、今得られるものに背を向けることもできない。

この瞬間を生きて、結果はあとで考えればいい。

もちろん、前回はその結果がわたしの人生を変えてしまったわけだけれど。

考えにふけっていたアリスは、ウエイターに肩を叩《たた》かれ、はっと我に返った。

「ミズ・メイヤーズですか？」ウエイターがきいた。

「ええ、そうだけど、何か？」

「これをあなたへ渡すようにと」ウエイターは二つ折りのカードをアリスの手に滑り込ませた。

アリスはカードを広げて、頬を緩めた。

〈人生最長の一時間は終わった。表で会おう〉

アリスは混雑した会場を見回した。メレディスは同僚たちと談笑している。アマンダはバーでトロイ・ワーナーの隣に座り、彼の腕に手を置いていた。

アリスは会場を抜け出すと、正面玄関から外へ出た。彼女を見るなり、駐車係が道路のほうを指さした。半ブロックほど先にチャールズのメルセデスが停《と》まっている――助手席のドアを開けた状態で。

アリスは足を一歩踏み出してから肩越しに視線を投げた。「どうしてわたしだとわかったの?」

駐車係はにやりと笑い、制帽のつばを指で叩いた。「赤いドレスの美女を探せと言われたので」

アリスが車に駆け寄り、豪華な革のシートに滑り込むと、彼が笑顔で出迎えた。「やあ、アリス」

「お待たせ」アリスは消え入りそうな声で言った。

「真ん前で待つつもりだったんだが、誰にも見られないほうがいいと思ってね」

「名案だわ」アリスはシートベルトを締め、ドアを閉めた。とたんに車内が親密な雰囲気に変わった。

チャールズが彼女の手を取った。「心配しないでくれ。きみが望まないことは何も起きないから」

「それが心配なのよ」アリスは答えた。「だって、わたしはすべてを望んでいるんだもの」

チャールズの顔に笑みが広がった。「だったら」彼は車のエンジンを吹かした。「先を急ごう」

チャールズが宿泊するホテルまでは車で数分だった。そこは二人が前回夜をともにしたホテルでもある。正面玄関の前で車を停めると、駐車係が助手席のドアを開けた。チャールズはすばやく車の前を回り込み、アリスの腕をとらえてホテルの中へ入った。

アリスは急に不安になった。チャールズと一夜を過ごすのは正しいことなのかしら。わたしは彼の期待に応えられるかしら。前回のチャールズは見ず知らずの他人だった。でも、今の彼は違う。わたしにとって本当に大切な人。わたしが愛する人なのよ。

その不安を察したのか、チャールズはアリスを向き直らせ、なだめるようにキスをした。優しいキスが彼女の五感を満たした。欲望でとろけそうになった彼女は大きな肩にしがみついた。一分後に顔を上げた彼の瞳には激情が燃えていた。「落ち着いたかい？」彼はアリスの唇の端にもう一度キスをした。

アリスはうなずいた。「わたし、今夜をいい夜にしたいの、チャールズ。そして——」

「最高の夜になるよ、アリス。きみとぼくの二人なら」互いの指を絡ませ、チャールズはアリスをロビーへと導いた。「ぼくを信じてくれないか？」

アリスは胸の内にある感情を言葉にできず、小さくうなずいた。以前チャールズとここへ来たのは夜も遅い時間だった。そのうえ、ホテルの美しい装飾にも気づかないほど酔っ払っていた。

ぜいたくな模様入りの壁紙にマホガニーの縁飾りを施した古風なベージュ色の壁は、一流の社交クラブを思わせた。何もかもが上品で、いかにも金がかかっていそうに見えた。高級ホテルの多くがそうであるように、スタッフも控えめでプロ意識が高く、エレベーターへと彼女を導くチャールズにあえて目を向けないようにしていた。一年前にチャールズとここへ来た時、アリスは『プリティ・ウーマン』のジュリア・ロバーツの気分を味わった。高級な雰囲気の中で自分だけがひどく浮いている気がしたのだ。

だが、今夜は違う。チャールズの力強い手を握りしめながら、アリスはこみ上げてくる感情に気づいた。わたしはいるべき場所にいる。明日に何が起ころうと、今夜のわたしの居場所はここよ。チャールズの腕の中、彼のベッドの中なのよ。

エレベーターに乗り込むと、チャールズは最上階のボタンを押した。そして、扉が閉まると同時に、覚悟を確かめるようなまなざしをアリスに向けた。

チャールズが何か言う前に、アリスは彼の唇にキスをした。今はまだ口にできない思いのすべてをそのキスに込めたのだ。彼は即座に反応し、エレベーターの壁に彼女の背中を押しつけると、唇から顎、のどへと熱いキスでたどった。ドレスの袖をずらして、胸のふくらみの上の部分にてのひらを当てる。

アリスは息を吸い込み、背中を反らした。その時、エレベーターのチャイムが鳴った。

「あと数歩だよ」チャールズがささやいた。

欲望にめまいを感じながらも、アリスは彼に続いて廊下を進んでいった。チャールズがポケットからルームキーを取り出した。ロックを解除する彼の指が震えているのを見て、アリスは自信を深めた。

チャールズは少年のような笑顔になった。「きみといると正気が保てないんだ」

「うれしい」アリスは彼に体を寄せた。

ドアが開くと、チャールズは彼女を部屋へ引き入れ、改めてキスをした。

彼に触れたい。彼の肌をこの手に感じたい。アリスはタキシードのジャケットを押しやった。チャールズがドレスのファスナーを引っ張ると、そのせいで互いの手足がもつれ、二人は同時に笑った。

チャールズが身を引いた。息は荒かったが、瞳にはからかうような光があった。「急ぐ必要はない」

アリスはかぶりを振り、激しく鼓動する胸に手を当てた。「わたしは急ぎたい気分なの」

「まるまるひと晩あるんだ」チャールズは彼女の肩にかかる髪を指で押しやった。その軽い接触がアリスのほてった肌を刺激する。「ぼくは急ぎたくない。きみにとって完璧な夜にするつもりだ」彼はアリスの向きを変えさせ、ドレスのファスナーを下ろした。部屋の冷気を背中に感じ、アリスは息をのんだ。チャールズは指の関節で彼女の背筋をたどった。

アリスは早く先へ進みたかった。彼の過去の女性たちを思い浮かべて、劣等感にさいなまれる前に。

「きみとぼくだけだ」チャールズはドレスを押し下げながら細いうなじに向かってささやいた。ドレスが床に落ち、あとにはブラジャーとショーツと彼が贈った赤いサンダルだけが残された。

アリスは不安をこらえた。「あなたの番よ」

「ぼくはこの眺めを楽しむのに忙しいんだ」チャールズは彼女の全身に視線をはわせた。

「チャールズ、お願い」アリスの頬は紅潮した。

チャールズの瞳が暗く陰った。「色白だから全身真っ赤になるんだね。早くきみに触れたくてたまらない」彼が一歩前へ出ると、アリスが首を振った。

「服が多すぎるわ」アリスは彼を指さした。

チャールズはジャケットをはぎ取ると、ネクタイを引き抜き、シャツのボタンを外した。

「その気になると速く動くのね」靴を蹴り捨て、靴下とスラックスを脱ぐ彼に向かって、彼女は言った。

「ああ」チャールズはボクサーパンツ一枚の姿になった。アリスもサンダルを脱ごうとしたが、彼はアリスの腰をつかみ、自分の胸へ引き寄せた。「だめだ。ぼくはまだそれを楽しんでいるんだから」

チャールズはアリスにキスをすると、舌を絡ませたままベッドへ移動し、ひんやりしたシーツに彼女を横たえた。そして、赤いサンダルの片方をゆっくり脱がせながら土踏まずを愛撫《あいぶ》し、もう片方にも同じことをした。彼はベッドに両手を突いてアリスの上にかがみ込み、探るように瞳をのぞき込んだ。

「本当にいいのか？　これがきみの望みなのか？」

ええ、これがわたしの永遠の望みよ。アリスは危うくそう答えかけた。だが、本心をチャールズに明かすわけにはいかず、ただ〝イエス〟とささやいた。

彼は再び唇を合わせ、アリスの全身に両手をはわせた。ブラジャーとショーツが、そして、ボクサーパンツが消えた。彼はナイトテーブルの引き出しから小さな包みを出し、歯を使って開封した。

「今回はあなたが用意してくれたのね」急に不安がよみがえり、アリスは落ち着かなげに笑った。

「すべての出来事には理由がある。きみが大事に持ち続けていた避妊具も例外じゃない」彼は激しく長いキスをしてから、アリスの中へ入った。

アリスがあえぐように彼の名前を呼ぶと、チャールズはうめき声で応えた。アリスはもう何も考えられなかった。チャールズの動きに合わせ、体が勝手に動く。何年も付き合ってきた恋人同士のように。チャールズは心得ていた。彼女にどう触れ、何をささやくべきか。彼女がどういう抱かれかたを望んでいるか。高まる欲望がついに火花となって弾《はじ》けた。

かつて感じたことのない光の中で、アリスは悟った。わたしはもうこの人以外の男性は愛せない。

チャールズとの時間がいつまで続くのかわからない。今夜で終わってしまうのかもしれない。そうだとしても、わたしの心は永遠に彼のものだわ。

13

数時間後、チャールズはアリスを抱いて横たわり、懸命に心臓を落ち着かせようとしていた。激しい鼓動は体力を使ったせいだけではない。山肌から岩が次々と崩れ落ちるように、胸の中で様々な感情が騒いでいた。アリスを再び手に入れた今、断崖絶壁から飛び降りる直前のように、アドレナリンが全身を駆け巡っている。口を開くと、愛に飢えた男のような言葉を吐き、封印してきた心の裏側の柔らかな部分をさらしてしまいそうで怖かった。

これはただのセックスだ。セックスなら何度もしてきた。数え切れないほど多くの女たちと。

だが、今回は違う。だからこんなに不安なのだ。

アリスを手放したくはないが、最終的にはそうするしかない。ピーターパン症候群——不愉快な指摘だが、実際、結婚や責任についてあまり考えたことがなかった。父を見習いたいと思うが、失敗はしたくない。だったら、挑戦しなければいい。今まではそれですんだ。自分の行動の結果も気にしなかった。

ただ、アリスのことは気になる。パートタイムの、そこそこいい父親にならぼくでもなれるだろうが、アリスにふさわしいのは、彼女にすべてを捧《ささ》げられる男だ。自分は家族の中で一人だけ、責任ある関係を築く能力に欠けているんじゃないかと、ずっと思ってきた。いつかアリスを失望させることになるなら、最初から挑戦しないほうがましじゃないか。

アリスが体をすり寄せてきた。彼は絹糸のような髪を持ち上げ、むきだしの肩にそっとキスをした。

「今夜はありがとう」アリスが甘くささやいた。

チャールズは低くうなっただけだった。

アリスが身を硬くした。「わたし、帰ったほうがいい?」彼の沈黙を無関心と解釈したようだった。

ああ、帰ってくれ。ぼくがきみを傷つけてしまう前に。物思いに沈んでいたチャールズは、ベッドがきしんで初めて、アリスが腕の中から抜け出たことに気づいた。彼は立ち上がろうとするアリスをとらえ、ベッドへ引き戻して覆い被《かぶ》さった。

「行くな」ひどくぶっきらぼうな口調だった。

アリスは顔をそむけた。「いいのよ、もう——」

チャールズは彼女の頬をなで、二人の視線を合わせた。「言いたいことはたくさんあるのに、人生最高のセックスのせいで、どうも頭が働かないんだ」

アリスの唇の端が少しだけ上がり、彼にかすかな希望をもたらした。「人生最高?」

「超最高だったよ」チャールズは彼女の鼻の頭にキスをした。「勘違いさせてごめん。今夜はぼくのそばにいてくれ。明日の朝はきみの隣で目覚めたい」

アリスの顔に笑みが広がった。「わかったわ」

「きみにとっても最高だったと言ってくれ」

「わたしは比較できるほどの経験がないから……」チャールズは彼女を抱いたまま仰向けになった。

「比較する経験がもっと必要なのかもしれないね」

「そうね」アリスは彼にキスをした。そのあと、チャールズの迷いは彼女の情熱の中で溶けて消えた。


朝になればアリスに別れを告げられると思っていた。チャールズは普段、一人の朝を好んだ。活発な夜の社交生活から切り替える必要があったからだ。だが、アリスとなら、一日中でも寄り添っていたいと思った。彼と向き合う格好で横たわったアリスは、シーツから胸のふくらみを半分のぞかせながら、軽い寝息をたてていた。夜のうちに化粧を落としたのか、朝の光の中で見るその顔には、鼻の辺りに薄いそばかすがあった。フリンも母親に似て、そばかすのある優しい子になるのだろうか。チャールズは成長した息子の姿を見る日が待ち切れなかった。


彼はアリスの鎖骨に指をはわせ、そこから胸のふくらみをたどり、シーツを引き下げようとした。アリスがぱっと目を開き、彼の手をつかんだ。

「おはよう」彼は胸のふくらみに唇を当てた。

アリスは快感の声をもらした。「早起きなのね」

「毎朝そうだよ」

「フリンはあなたに似たのね」アリスはあくびをした。「わたし、コーヒーを飲みたいわ」

「眠気覚ましなら、もっといいものがある」彼はシーツを再び引っ張った。「人生最高の朝になるよ」

アリスは彼の首に両腕を巻きつけた。「そのいいものを見せてちょうだい」


ルームサービスの朝食を楽しみ、シャワーをすませると、アリスはアパートへ戻ると言い出した。戻って服を着替えてからフリンを迎えに行くと。

「車で送るよ」チャールズは申し出た。

「アパートまで？」アリスは赤いサンダルを履いた。

そのサンダルを全色揃《そろ》えて、毎晩履かせたい、と彼は思った。「そうしてもらえるかしら」

「なんなら、実家まで送っていこうか？」

「それはちょっと。両親はフリンの父親が誰か知らないから。それに、この関係は秘密にするはずよ」

「いつまで隠すつもりだ？　兄や妹たちはもう知っているが、彼らがよそにもらす心配はない。きみの親もタブロイド紙に情報を流したりしないだろう」

「もちろんよ」

「だったら、なぜぼくはご両親に会えないんだ？」

「期待させてしまうからよ。両親は二人とも昔気質《かたぎ》で、わたしがシングルマザーになることも容易に受け入れられなかったのよ。世界的なプレイボーイをいきなり連れていって、この人がわたしの……赤ちゃんのパパだと紹介するなんて無茶だわ」

「なるほどね」チャールズは歯を食いしばった。

「ごめんなさい。でも、本当のことよ」

アリスはつらそうな顔をしている。ぼくだってつらい。彼女を抱きしめ、ぼくがなんとかすると言ってやりたい。でも、どうすればなんとかなるんだ？

「あせらずに答えを探していきましょう」

「とにかく、ぼくはここにいるよ」自分でも頼りなく聞こえたが、それ以上は約束できない。まだ覚悟ができていないのだ。永遠にできないかもしれない。

アリスは硬い笑みで応えた。「ありがとう。だけど、両親に紹介するつもりはないわ。今はまだ」

「それがきみの望みなら」チャールズは無理に笑顔を作った。「じゃあ、行こうか」

アパートへ向かう車内を沈黙が支配していた。チャールズは腕を伸ばして、彼女の手を握りたかった。二人の間の感情を取り戻したい。そわそわと落ち着かなくて、かつてないほど幸福な気分を。

だが、彼は何も言わず、何もしなかった。数分後、車が目的の建物に到着した。「着いたよ」

アリスはドアに手をかけてから振り向いた。「今日はお昼寝のあとフリンに初めてシリアルを食べさせるつもりなの」彼女は遠慮がちに微笑《ほほえ》んだ。「あなたが来て、手伝ってくれるとうれしいわ」

「絶対に行くよ」彼の気分はいっきに好転した。

チャイムが鳴ったのはおむつ替えが終わった直後だった。アリスは急いでフリンに新しい服を着せると、赤ん坊を抱えて玄関へ向かい、ドアを開けた。

チャールズは大きな箱を抱えていた。箱の側面には、幼児椅子に座る赤ん坊の写真が印刷されている。

「そこまでしてくれなくてもよかったのに」

「ハイチェアーは買ってないよね」カジュアルなTシャツの下で筋肉が盛り上がっていた。ただ、どんな姿だろうと、彼はやはり完璧な英国紳士だった。

「まだ必要なかったし、うちは広さがないから」

「だからぴったりなんだ。この椅子なら使わない時はたたんでおける」彼はフリンの足を揺すった。「さあ、おちびさん、ごちそうタイムの始まりだ」

フリンはにっこり笑い、うれしそうにのどを鳴らした。その反応がアリスの胸を締めつけた。チャールズに心を奪われているのはわたしだけじゃなさそうね。わたしはすでに傷つく覚悟ができている。でも、フリンの無垢《むく》な心だけは守らなくては。

「ありがとう、チャールズ。でも、わたしたちと会うたびに大盤振る舞いをする必要はないのよ」

「大盤振る舞い？　これはほんの一部だよ。本当の話さ。通路にあと三つプレゼントがあるんだ」

玩具店のロゴが入った大袋が次々と運び込まれると、アリスは目をむいた。「まだ何か必要なの？」

「店員によると、まだまだらしい。赤ん坊はどんどん成長するから。絵本と歯固めと遊具も買ったよ」

袋の中身を取り出すチャールズを、フリンは興味津々で眺めている。アリスはまだ呆然《ぼうぜん》としていた。

チャールズは大きな箱へ手を伸ばした。「さっさとこれを組み立てて、おちびさんにおいしい……」

彼ははにかんだ。「何を食べさせるんだっけ？」

「お米のシリアルよ」

「なかなかおいしそうだ」彼は箱を床に置き、両腕を差し出した。「フリンはぼくに任せてくれ」

「いいの？」

「彼に組み立ての説明書を読んでもらうから」

アリスは笑い、フリースのブランケットを床に広げて赤ん坊を横たえた。「この子、まだ四カ月よ」

「二人でなんとかやっつけるよ」

父親との共同作業に張り切っているかのように、フリンが手足をばたつかせた。

愛《いと》しい二人を眺め、アリスの胸は熱くなった。でも、目の前の光景は本物とは言えないわ。昨夜どう感じたとしても、チャールズはわたしのものではないから。それでも、彼はここにいる。わたしは今この瞬間を生きるわ。心からの願いを封印して。

アリスは小児科医の指示どおり、シリアルと水をスープ状になるまで混ぜ合わせた。チャールズはフリンを幼児椅子に座らせようとしていた。

「手際がいいのね」

「簡単な組み立てだったから。ただし問題がある」

アリスは一歩前に出て微笑んだ。フリンの顔は椅子のトレイと同じ高さにあり、小さな頭は一方に傾いている。「少し早すぎたみたいね」

「少しね」チャールズもにやりとした。

世界中の親たちがこういうひとときを楽しんでいるのね。子供への愛で結ばれた二人だからこそ、このささやかな瞬間がとても特別に感じられるのよ。

チャールズはテーブルのボウルを手に取り、中身を何度かかき回した。「食べ物には見えないな」

「赤ちゃん用だもの。先に味見してみたら？」彼女はキッチンの引き出しからスプーンを取り出した。

「お望みとあらば」彼はにやりと笑い、受け取ったスプーンでシリアルをすくって口に入れた。

アリスは思わず頬を緩めた。こういうお茶目な面を、どれだけの人が知っているかしら？　母親ときょうだいは知っているわよね。学校時代の友人も。でも、過去の女性たちは？　ガードの堅い彼は、女性たちには素の自分を見せていないでしょうね。

「こら」チャールズが彼女の鼻をつついた。「なぜぼくじゃなく、きみが顔をしかめているんだ？」

アリスははっと我に返った。「ご感想は？」

「まずくもうまくもない」チャールズはフリンに向き直った。「どうだ？　そろそろ試してみるか？」

その問いかけに答えるかのように、フリンはプラスチックのトレイを両手で叩《たた》いた。チャールズがアリスにボウルを渡そうとした。だが、彼女は首を振った。「最初のひと口はあなたがあげて」

「いいのか？」

アリスは常に一対一でフリンと接してきた。独りでおむつを替え、フリンをあやし、初めての微笑みを目撃し、初めてのおしゃべりを聞いた。それはアリスが自ら望んだことだった。独りでやっていけると、両親や友人たちに証明したかったのだ。自分はみんなが思っているよりもましな人間だと。

でも、チャールズは違う。彼は母親としてのわたしを認めてくれている。実際、わりとうまくやれているし、わたしはもう一人じゃない。多くは望めないとしても、わたしとチャールズはパートナーよ。フリンという存在で結ばれた生涯のパートナー。

だから、フリンの〝初めて〟を、チャールズにも味わわせてあげたい。

アリスがうなずくと、チャールズは赤ん坊に向き直った。「よし、フリン、ママを誇らしい気持ちにさせてやろう」シリアルを少しすくい、息子の前に差し出す。スプーンが近づくと、フリンが反射的に口を開けた。彼はそこにスプーンを差し入れた。

フリンがぱっとのけ反り、顔をくしゃくしゃにして身震いした。アリスは息を詰め、チャールズは身を硬くして、赤ん坊の次の反応を待った。ほどなくフリンは表情を和らげ、催促するように口を開いた。

「偉いぞ、おちびさん」チャールズは笑いながら言うと、次のひと口を食べさせた。

アリスは途中で交代した。やがてフリンがスプーンから顔をそむけ、満腹したことを示したので、アリスはボウルとスプーンを片づけた。チャールズは息子を幼児用の椅子から抱き上げると、ティッシュで頬を拭った。アリスはその様子を見ていた。赤ん坊を抱くチャールズの姿に、いつも以上に胸がときめく。まだ昼下がりだというのに、今すぐチャールズに抱きつき、彼の力強さを感じたいと思った。

危険な状況だわ。心の痛みは乗り越えられるとしても、心が死んでしまっては取り返しがつかない。

「何か楽しいことをしたくない？」アリスは出し抜けに言った。後戻りができなくならないうちに。

「きみに何か考えがあるのか？」

「コウモリよ」

チャールズは片眉をつり上げた。「コウモリ？」

「オースティンの名物なの。ダウンタウンの橋の下に、都市部では世界最大のコウモリのコロニーがあって。百万匹はいるんじゃないかしら。メキシコで越冬して、毎年三月に戻ってくるの。日暮れになると餌を求めて飛び立つわ。それが春から夏にかけて毎晩なの。なかなかの見物よ」

「いいね。案内してくれ」彼はにっこり笑った。

アリスが子供の頃、月に一度はピクニックの支度をしてコウモリ見物に行くのが、メイヤーズ家の夏の恒例行事になっていた。アリスはこの恒例行事が大好きだった。コウモリの群舞は年々有名になり、今では人気の観光スポットとなっている。

アリスは橋の近くに父親の秘密の駐車場所があったことを覚えていた。そこに車を停《と》めると、アリスとチャールズはフリンを乗せたベビーカーを押して、橋へ向かう人々の流れへ加わった。通りがかりの人にとっては、三人はオースティンの観光名所へ向かうごく普通の家族にしか見えないだろう。

彼らが陣取ったのは橋のたもとの小道からわずかに離れた場所で、アリスが両親と何度もコウモリを眺めた場所のそばだった。付近のビルの陰に隠れた夕日が空にピンクと紫の筋を描いていた。人々のざわめきに混じって、甲高い鳴き声が聞こえた。

「コウモリか？」チャールズが尋ねた。

アリスはうなずき、ベビーカーのひさしを気にする彼の様子に頰を緩めた。

「フリンなら平気よ」

「念のためだ」チャールズは彼女の肩を抱いた。

次の瞬間、羽ばたきの音が空気を満たし、コウモリの大群が橋の下から飛び立った。ピンクと紫に染まった空を無数の黒い影が横切る。

チャールズが息をのんだ。「すごいな」耳もとでささやく声がアリスの全身を充足感で満たした。

この瞬間のすべてが奇跡に思えた。子供の頃に両親と何度も訪れた場所――その同じ場所に自分自身の家族と訪れている。一時的なものだとしても、わたしは死ぬまで忘れない。チャールズとの一体感を。この何物にも代えがたい感覚を。

コウモリの群れが飛び去ると、三人は帰路についた。フリンはアパートへ帰り着く前に眠ってしまい、アリスは息子を着替えさせてベッドに寝かせた。チャールズは玄関のそばで待っていた。

「こんなにすてきな夜を過ごしたのは久しぶりだ」

「嘘《うそ》ばっかり」アリスは笑った。「でも、そう言ってもらえるとうれしいわ」

「嘘じゃない」チャールズは彼女の頬を両手で包んだ。「一緒だと、何をしてもすてきに思えるんだ」

彼は二人の唇を軽く触れ合わせた。だが、アリスが近づこうとすると、自分は後ろへ下がった。

「もう行かないと」チャールズはポケットに両手を押し込んだ。「フリンが寝ている間に、きみも体を休めたいだろう」彼は口もとに半端な笑みを浮かべ、ドアのほうへ後退した。「ぼくがここにいたら、きみの睡眠時間を削ってしまいそうだ」

彼を帰すべきだわ。でも、今夜がこれで終わりだなんて耐えられない。もう一度、彼に溺れたい。昨夜始まった何かをできる限り引き延ばしたい。

「睡眠が何よ」アリスは彼に手を伸ばした。

ドアノブをつかんでいたチャールズの手がこわばった。「無理しなくていいんだよ」

「わたしがそうしたいの」アリスは彫像のように動かない彼の胸に両手をはわせた。リードするのは、アリスにとって難しいことだった。だが、努力するだけの価値が彼にはあった。母親になったことでアリスは変わった。チャールズが彼女を変えた部分もある。チャールズは動こうとしなかったが、アリスにはわかっていた。チャールズはわたしを求めている。昨夜の出来事は幻ではないわ。その事実に励まされて、アリスはチャールズの髪をとらえ、二人の顔を近づけた。「あなたが欲しいの」

短い言葉だった。だが、その言葉がチャールズの中にあった何かを解放したのだろう。気がついた時には、アリスは彼の腕に抱かれて小さな寝室へ向かっていた。「きみを幸せにすること――それが今のぼくにとって唯一の生きがいなんだ」チャールズは彼女の唇の谷間に舌をはわせた。

「スタートとしては上々よ」

14

翌朝、チャールズはフリンを腕に抱き、アリスのキッチンの小さなテーブルに着いていた。ミルクを飲み終えたフリンは盛大なげっぷもすませ、今は父親を見上げながらこぶしをしゃぶっている。

アリスがベーグルとバナナをのせた皿をテーブルに置いた。「こんなものだけで、ごめんなさい」

「充分だよ」意外にも本心から出た言葉だった。チャールズはホテル暮らしが多く、豪勢な朝食ビュッフェやルームサービスに慣れていた。だが、アリスやフリンと静かに過ごす朝のほうがはるかに楽しく、ずっとこうしていたいと思うくらいだった。「考えたんだが……」湯気の立つコーヒーのマグカップを抱えて向かい側に座るアリスに、彼は切り出した。

「よくない話？」アリスは小さく笑った。一緒に過ごす時間が増えるにつれ、アリスは大胆になっていくようだ。冗談を言ったり、からかったり。彼女の身近な人々も知らない素顔を、ぼくは知っている。そう思うと、チャールズは幸せな気分になった。

「フリンをロンドンへ連れて帰りたい」チャールズはベーグルをかじりながら赤ん坊を抱き寄せた。

アリスはしばらく彼を見つめてから口を開いた。「ロンドンを見せるため？」

「まあ、そうだね」フリンが少しむずかり、チャールズは立ち上がって息子をあやした。「池の前で暮らしてみないか、フリン？　ケンジントン公園を駆け回って、ロンドン動物園に行かないか？」赤ん坊に視線を据えたままアリスに話しかける。「自分でも名案だと思うよ。ぼくのフラットには寝室が三つあるから、一つを子供部屋にすればいい。ぼくのアシスタントを使えば、簡単に手配できる」

「あなたのアシスタント？」

「話してなかったかな？」チャールズはガラガラをつかみ、小さな手に握らせた。「メアリーは長年ぼくを支えてくれている。スケジュールだけでなく、ぼくの生活も基本的には彼女が管理しているんだ」

「生活を人に管理してもらわなきゃならないの？」

チャールズはくすりと笑ったが、まだフリンから目を離さなかった。「なにしろ多忙だからね」

「その多忙な生活にフリンを組み込むってわけ？」

彼はアリスの口調に気づき、ようやくフリンから視線を移した。アリスは腕組みをして、片方の爪先でカーペットをとんとん叩《たた》いている。「当然、きみも一緒だよ」彼はあわてて答えた。その答えがまずかったのか、アリスの口もとが硬くこわばった。

朝までぼくの腕の中にいた従順なアリス、隣でフリンを抱いていた優しいアリスはどうしたんだ？

「アマンダにそれとなく伝えたよ。きみの優秀なリサーチ力をしばらく英国観光庁に貸してほしいと」

「ボスと話したの？」

アリスの鋭い口調にチャールズはたじろいだ。異変を察して、フリンもぐずり始めた。息子を揺すりながら、彼はアリスに歩み寄った。「話のついでに、根回しをしておこうかと――」

「わたしに今の生活を捨てろというの？」はしばみ色の瞳が石のように冷たくなった。

「ぼくなりに努力しているんだ。父親業にも、自分より誰かを優先することにも慣れていないけど」

「その〝誰か〟というのはフリンのことね？」

「フリンときみだ。きみたちは二人一組だろう。ぼくのうちがいやなら、近所にアパートを用意するよ。うちの辺りはロンドンでも美しい地域で――」

フリンが鋭い泣き声を発し、アリスは即座にチャールズの腕から赤ん坊を抱き取った。フリンはたちまち泣くのをやめ、母親の肩に顔を預けた。「寛大な申し出ね」アリスの声はうつろだった。

「ぼくは本気だ」形勢が不利なのはわかるが、その理由も、挽回《ばんかい》する方法もわからない。「前にも言ったが、ぼくたちはチームだ。ぼくはきみたちを守りたい。フリンに不自由な思いをさせたくない」

「チーム」アリスはつぶやいた。「そのチームにはあなたのアシスタントも入っているのよね？」

チャールズは肩をすくめた。「ある意味では。でも、ぼくが話しているのはぼくたち三人のことだ」

「で、あなたはいつ帰国したいの？」

「来週末に英国観光庁の理事との会合がある。この予定は動かせない。もっと時間が必要だというなら、ぼくだけ先に帰国して、準備を進めておくよ」

「二、三日、考えさせてくれる？」

チャールズは眉根を寄せた。「何を考えるんだ？フリンはぼくの息子だ。ぼくは彼と、きみたち二人と一緒にいたい。きみたちを守りたい」何を言っても、アリスの心は遠のくばかりだ。アリスを抱き寄せたい。キスで二人の心の距離を消し去りたい。

「わたしはパスポートだって持っていないのよ」

「ぼくのコネがあるから、すぐに発行できる」

「あなたは何でも持っているのね。でも、わたしにあるのは子供と家族だけ。考える時間が欲しいわ」

チャールズはため息をついた。もっともな話だ。完全な拒絶ではないが、アリスも喜んでくれると考えたぼくの読みが甘かった。フリンの父親だからといって、アリスがぼくに子育ての手伝い以上のものを望むとは限らない。ぼくたちは情熱的な夜をともにしたが、あれは、新米の母親がストレスのはけ口を求めただけかもしれない。チャールズは落ち着かない気分になった。彼は何かを、特に女性の好意を得るために必死に努力をしたことがなかった。

チャールズは失敗を恐れ、逃げ出したくなった。

それでも、なんとかアリスに目をやった。アリスはフリンを抱いたまま彼を見つめている。

だめだ。今回は安易な道を選ぶわけにはいかない。アリスとフリンはそれほど大切な存在なんだ。彼女に時間が必要なら、その時間を与えよう。そして、ぼくは賭けてみる価値がある男だということを、なんとかアリスに納得してもらうんだ。

「必要なだけ時間をかけてくれ」チャールズは彼女に近づき、額にキスをした。「ぼくは帰国前にホースバック・ホロウの家族を訪ねなきゃならない」彼はフリンの髪をくしゃくしゃにした。「二、三日中に電話する。この先のことはその時に話し合おう」

アリスがさらに議論を挑んでくる前に、チャールズは背中を向け、アパートをあとにした。亡き父の期待に応える男になるべき時が来ていた。

「それで彼は帰っちゃったの？」メレディスはビールをのどに流し込むと、かぶりを振った。「何も言い返さずに？　愛しているとも言わずに？」

きまりの悪さに頬を赤らめながらも、アリスは無理に笑った。「二、三日中に電話するとは言ったわ。家族を訪ねなきゃならないんですって」ベビーモニターに目をやる。フリンが泣いてくれたら、この会話を打ち切れるのに。チャールズと入れ替わるようにやってきたメレディスは、落ち込むアリスのために地元のパブで食べ物とビールを調達してきてくれた。友人に感謝しながらも、アリスはチャールズの屈辱的な申し出について蒸し返したくなかった。

メレディスが鼻を鳴らした。「全人生を捨てて英国についてこいと要求しておきながら？」

「そんなたいした人生じゃないわ。向こうはわたしのためを思っているつもりなのよ。仕事は続けられるし、子育ても今よりは楽になるだろうし」

「でも、あなたは両親と離れ離れになるのよ」

「わたしはフリンに父親を知ってほしいの」

「アリス」メレディスはアリスににじり寄り、両手を握った。「あなた自身はどうしたいの？」

その問いの深い意味を受け止めきれず、アリスはただ友人を見つめた。「さっきも言ったけど……」

「あなたは立派に子育てをしてるわ。みんな、あなたを見くびっていた。両親や同僚も、わたしも」

「別にいいのよ」

「よくないわ。あなたはわたしたちが間違っていたことを証明してみせた。でも、フリンをあなたの全人生にしちゃだめ」抗議しようとするアリスを、彼女は手を上げて制した。「あなたがフリンのためにできる最善のことは、自分自身が幸せになることよ。あなたが幸せになるには何が必要だと思う？」

「チャールズよ」アリスは思わずつぶやいた。

「やっぱりね。チャールズについていきたいのはフリンのためだけじゃない。そうでしょう？」

「そんな単純な話じゃないわ」

「どうして？　お互いに求め合っているのに」

「彼がわたしを求めるのは、アシスタントを求めるのと同じよ。わたしがいれば生活しやすいから」

「それがそんなに悪いこと？」

「わたしは楽なほうに流されたくないの」アリスは立ち上がり、部屋の中を歩き回った。「わたしに子育ては無理だと思ったのはあなたたちだけじゃない。自分でもそう思ったわ。この一年は苦労の連続だった。でも、苦労するだけの価値はあったわ。おかげでわたしは変わることができた。もう誰かに頼る生きかたはしたくない。もしチャールズについていったら、わたしはどんな人間になってしまうの？」

メレディスは顔をしかめた。「どこに行こうと、あなたはアリスよ。フリンの母親よ」

「でも、それだけで満足できなかったら？　もし彼がほかの女性たちと付き合ったら？　結婚したいと思う女性と出会ったら？　わたしは彼を……」

「愛しているのに？」

「自分を止めようとしたけど、だめだったわ」

「当然よ。彼は〝愛《いと》しのチャーリー卿《きよう》〟だもの」

「あなたにはわからないわ。わたしは世間に知られた彼を愛しているんじゃない。誰も知らない彼を愛しているの。彼自身にさえ見えていない内面を。彼は世間が思うよりずっといい人よ。彼はわたしを大切に思ってくれている。でも、それだけじゃ、わたしは足りない。自分に自立できる強さがあると知ったわたしが、半分の人生で満足できると思う？」

「じゃあ、彼についていく気はないってこと？」

「彼を手放すなんて、わたしにできるかしら」

「どっちに転んでも傷つくことになるわね」

「傷つくだけならまだいいわ」頬をひと筋の涙が伝った。「わたしが恐れているのは心が死んでしまうことよ」アリスは友人の慰めの抱擁に身を委ねた。

15

「いつ顔を見せてくれるのかと思っていたのよ」

チャールズは微笑《ほほえ》み、母の頬にキスをした。ホースバック・ホロウ郊外のコンドミニアムは、彼が育った広大な屋敷と比べれば狭く庶民的な住まいだが、こぢんまりした書斎に座るジョゼフィン・メイ・フォーチュン・チェスターフィールドは、女王のお茶会に臨むかのように堂々として見えた。人生の大半を英国で過ごした母だが、この古めかしいテキサスの町にすっかりなじんでいるようだった。

ジョゼフィンが、アトランタの有力企業ＪＭＦファイナンシャルを率いるジェームズ・マーシャル・フォーチュンと、ホースバック・ホロウで子供たちを育ててきたジーン・マリー・フォーチュン・ジョーンズを含む三つ子の一人だと判明したのはほんの数年前のことだ。英国のフォーチュン一族が最初にこの小さな町を訪れたのは、いとこのソーヤーとローレル・レドモンドとの結婚式に出席するためだったが、結果的にはチャールズを除く全員がテキサスのこの地に根を下ろすことになった。

ジョゼフィンは子供や孫や親戚のそばにいることを楽しみ、さらにはオーランド・メンドーサという引退したパイロットとの新しい関係まで築き始めていた。海外での慈善活動を縮小し、地元の慈善事業により多くの時間を注ぐようになったが、多忙な日々にあっても、家族の長《おさ》として、愛情と思いやりと上品で善意ある強引さをもって君臨していた。

「ごめんね、母さん」チャールズは母親の隣の椅子にどっかりと腰を下ろした。

「背筋を伸ばして座りなさい、チャールズ」

「はい」彼はウィンクをして姿勢を正した。「ここ二週間ほど州観光局の仕事で大忙しだったんだ」

ジョゼフィンは片眉を上げた。「それだけ?」

「誰が言ったんだ?」チャールズは顔をしかめた。「ルーシーだな? 内緒にすると約束したくせに」

「問題は誰が言ったかじゃないわ。あなたがわたしに隠していたことよ」ジョゼフィンは片手を上げ、息子の弁解を制した。「重要なのは、わたしがいつその女性と新しい孫に会えるかということね」

「それが、いろいろとややこしくて」

「あなたがややこしいのはいつものことでしょう」

チャールズは両手で頭を抱えて深呼吸をした。アリスとフリンのことを母さんに知られるのが心配だったが、それも杞憂《きゆう》だったようだ。赤ん坊の頃、ぼくのおむつを替えたのは母さんじゃない。それでも、ぼくは母さんほど愛情深い人を知らない。母さんのアドバイスが聞きたい。混乱しきった今のぼくの人生に対する母さんの意見が聞きたい。「子供のことを母さんに黙っていたのは悪かったと思う」

「子供の母親は？　あなたに内緒で子供を産み、あとになってその事実を伝えてきた女性は？」

「そんな言いかたはやめてくれ。彼女はぼくが子供に興味を持つと思わなかったんだ。ぼくがなんの約束も連絡もしなかったから。ぼくがタブロイド紙にどう書かれてるか、母さんも知っているだろう」

「なるほど。そうやって彼女を擁護するということは、ここまでの経緯については納得しているのね」

　チャールズはうなずいた。「彼女の名前はアリス・メイヤーズ。去年、仕事で知り合ったんだ。彼女は……ぼくが付き合ってきた女性たちとは違う」

　ジョゼフィンは胸に手を当てた。「よかった」

「みんなに彼女を紹介しなかったのは、内気な女性だからなんだ。彼女はぼくに好意を持ってくれている……と思う。そうであってほしいと願っている」

「チャールズ、あなたは世界的な人気者じゃないの。そのあなたに惹《ひ》かれないなんてことが……」

　彼はかぶりを振った。「問題はそこなんだ。彼女はむしろ、ぼくが有名人だってことをいやがっている。ぼくと一緒にいるところを見られたいとか、そういう願望はない。本当に……普通の女性なんだ」

「普通なのはいいことよ」ジョゼフィンはうなずいた。「あなたの父親とわたしは子供たちを普通に育てたかった。でも、英国のマスコミに四六時中追い回されていたせいでそれができなかったの」

「母さんと父さんは最高の親だったよ。ぼくはその足もとにも及ばないから、不安でたまらないんだ」

「あなたは我が子のために正しいことをしたいと願っている。その気持ちが何より重要なのよ」

「アリスもそう言ってくれた」

「いい人じゃない。あなたが彼女を大切に思っていることも確かのようね」ジョゼフィンは頭を傾けて息子を観察した。「それも問題の一部なのかしら」

母さんにはかなわないな。心の奥まで見透かされてしまう。「確かにアリスは大切な存在だ。こんな気持ちは初めてだよ。でも、ぼくは失敗するのが怖いんだ。たいした努力もせずに成功してきたから」

「もっと自信を持って。彼女に気持ちは伝えた？」

「ぼくとロンドンに来てほしいと頼んだんだ。もちろん、フリンも一緒に。子供部屋も用意するよ」

「アリスはロンドンで何をするの？」

「テキサスの観光局に手を回して、しばらく英国観光庁に彼女を貸してもらえるようにした」

「彼女はそれに同意したの？」

「いや、まだ。でも、なんとか同意してもらうよ。彼女とフリンのいない人生なんて想像もできない」

「でも、あなたの説明を聞く限り、彼女にそう伝えたわけじゃないんでしょう」

「ぼくの気持ちは伝わっているはずだ」チャールズは言い切った。だが、本当は自信などまるでなかった。「ぼくは彼女を支え、守りたい。もし彼女を大切に思っていなかったら、そんな申し出はしないよ」彼は書棚に並べられた自分のきょうだいや家族の写真に目をやった。「ぼくはどうすればいい？」

「あなたは何を望んでいるの？」

「ぼく自身の家族——アリスとフリンを」

ジョゼフィンは息子の頬を軽く叩《たた》いた。「それをアリスにわからせなさい」腕時計を見て立ち上がる。「もしテキサスを離れるつもりなら、その前に二人をここへ連れてきてちょうだい。あなたの心をとらえた女性に会ってみたいから」

チャールズはかぶりを振った。「アリスは大切な存在だけど、それとぼくの心は関係ないよ」

「あなたがそう信じたいのなら。これからオーランドと会って、ジーン・マリーやディークと夕食をいただくことになっているの。あなたもどう？」

「今日は遠慮しておくよ」チャールズも立ち上がり、母親を軽く抱擁した。「これから牧場へ行くんだ。アメリアと小さなクレメンタインに会いに」

「ホースバック・ホロウには何日か滞在するの？」

「ロンドン行きについては二、三日考えたいと、アリスに言われたんだ。オースティンにいたら、彼女の邪魔をしてしまいそうだから、こっちに来たんだよ。ここにいる間に誰かの知恵を借りて、彼女を納得させる手を見つけられるかもしれないし」

「もし納得させられなかったら？」

「絶対に納得させる。これは人生で最も重要なことなんだ。アリスとフリンのためなら何でもするよ」

ジョゼフィンは息子の頬に両手を当てた。「よく言ったわ。あなたの父親も誇りに思うでしょうね」

火曜日の朝、ミーティング中のアリスの携帯電話が振動し始めた。見覚えのない電話番号だ。アリスは留守電メッセージに切り替え、エコツーリズムへの取り組みについて語るアマンダに関心を戻した。

ほどなく携帯電話が再び振動し始め、さらに、三つの知らない番号から連絡が入った。

「アリス、何か重大な用事でもあるの？」静かな室内にアマンダのきびきびした声が響き渡った。

「すみません」アリスは着信拒否の設定をした。

三十分後、自分の席へ戻りながら、アリスは携帯電話を取り出した。メッセージが十二件入っていたが、内容をチェックするより早く、オフィスじゅうの視線が自分に向けられていることに気づいた。背筋にいやな感覚が走る。いったい何があったの？

席の前でメレディスが待ち構えていた。友人の瞳には同情といら立ちの色が浮かんでいた。

「どうなってるの？」アリスは小声で問いかけた。

メレディスはオフィスの全員に向かって言った。

「見世物じゃないのよ。みんな、仕事に戻って」

「ねえ、いったい――」メレディスにパソコンの前に座らされ、アリスは言葉をのんだ。モニターには有名なゴシップサイトのトップページが表示されていた。コンサートの夜のチャールズと彼女とフリンの写真。アリスはフリンを抱き、チャールズは彼女の肩に腕を回し、二人に寄り添っていた。親密さは否定のしようがない。幸せな夜の記憶と、フリンを寝かしつけたあとにチャールズと分かち合った情熱がよみがえり、アリスの胸を締めつけた。写真の見出しには、大きな文字でこう書かれていた。

〈愛《いと》しのチャーリー卿《きょう》、テキサスに隠し子か〉

ああ、そんな。「もう、みんな知っているのね」

メレディスは小さくうなずいた。「ほとんどすべてのゴシップサイトがこのニュースを報じているわ。オフィスの電話は鳴りっぱなし。受付係が連絡して、ビルの正面玄関に警備員を立たせたわ。外でパパラッチたちがあなたを待っているから」

アリスは胸苦しさに襲われ、空気を求めてあえいだ。「こうなることを何よりも恐れていたの」

「わかってるわ。かわいそうに」

「ああ、もう」アリスは立ち上がり、鍵束とバッグをつかんだ。「フリンはママと一緒なのよ。マスコミが押し寄せる前に、早く実家へ行かなきゃ」

「アリス、話があるの」アマンダが後ろに立っていた。「わたしのオフィスに来て。今すぐに」

アリスは懸命に動揺を抑えた。「今は無理です」

アマンダはブランド物のブレザーの前で腕を組んだ。「子供の父親がチャールズって、本当なの？」

「ええ」アリスは前へ足を踏み出し、ささやいた。

「どうしてそんなことになったの？」

アリスは動揺しながらも腹をくくった。「必要ならすべて話しますが」努めて冷静な口調で切り出す。「今は息子のところに行かせてください」

「正面玄関はだめよ」アマンダは親指で背後を指し

示した。「歩道に記者たちが集まっているから」

ビルには付属の駐車場があるが、アリスは料金が安い近くの駐車場を使っている。「どうやって車までたどり着けばいいの？」絶望的な気分だった。

「わたしの車を使って」アマンダはアリスからメレディスへ視線を移した。「なんて顔をしてるの？わたしだって血も涙もない人間じゃないのよ」

「そんなことは思ったこともありません」アリスは本心からそう言った。「ありがとうございます」

「キーを渡すからついてきて」アマンダはアリスを促し、オフィスを横切った。「感心したわ。あなたにフォーチュン一族の男をつかまえる才覚があったなんて」アマンダはバッグからキーを取り出した。

わたしは世間から玉《たま》の輿《こし》狙いだと思われているのね。「そんなつもりはなかったんです。わたしは息子に父親のことを知ってほしかっただけで――」

「もういいから」アマンダはアリスにキーを放った。

「冗談よ。みんなもわかってるわ。あなたにそんな計算はできないって」アマンダは口紅を取り出し、すばやく唇を塗り直した。「わたしが正面から出て、パパラッチたちの気をそらすわ。カメラの前に立つのが夢だったのよ。あなたは駐車場へ急いで」

「なぜここまでしてくれるんです？」

「あなたにはきつく当たってきたけど、仕事の上で有能だし、母親としても立派だと思ってるのよ」アマンダはアリスを指さした。「それに、あなたとチャールズ・フォーチュン・チェスターフィールドの間に熱い炎が燃えていることはわかっていたわ」

チャールズ――彼は帰国前に家族に会うと言い、ホースバック・ホロウへ行ってしまった。時間をくれと頼んだのはわたしよ。でも、その間に彼が心変わりしたら？　彼は言いなりになる女性に慣れているもの。マスコミは彼の一族が暮らす町へも押しかけたのかしら？　暮らしを邪魔されて、フォーチュン一族の人たちが喜ぶとは思えない。その原因になったわたしに対して、どんなふうに感じるかしら？

アリスは再び息苦しさに襲われた。でも今はとにかく、早くフリンのところへ行かなくては。

アマンダのおかげで、アリスは無事に脱出することができた。車で駐車場を出ると、観光局の玄関に群がるパパラッチの大群が見えた。

実家へ向かう途中、アリスは母親に電話をかけた。チャールズにも電話したが、留守電メッセージに切り替わり、失望感がアリスの全身に広がった。

緊張しながら実家のある通りに入ったが、幸い、停《と》まっている車は一台も見当たらなかった。

歩道を歩き始めると、母親が玄関から現れた。

「フリン」アリスは母親から息子を引き取った。

「アリス、わたしの友達から次々と電話がかかってきて――」リンが不安げな表情で切り出した。

「わかってる」アリスは母親の横をすり抜け、中へ入った。「パパもいる？　二人に話があるの」

父親は書斎の机でパソコンの画面を凝視していた。ゴシップサイトに映し出された自分の顔を見て、アリスは息をのんだ。チャールズと並んで街を歩いているところを隠し撮りされた写真だった。

まるで恋わずらいの女学生みたいな顔だわ。

わたしは彼を見るたびにこんな表情をしていたのね。強くなろう、自立しようと努力していた一方で、自分の感情をすべてさらけ出していたんだわ。

リンが娘の腕に触れた。マスコミの餌食にされた娘と孫を批判と個人攻撃から守ろうとするように。

「パパ」アリスは父親の失望を予想していた。

だが、振り返った父親の顔にあったのは心配そうな表情だけだった。「大丈夫か、アリス？」

穏やかながらもあふれるほどの両親の愛を実感し、アリスは涙で何も見えなくなった。母親が彼女を支え、父親の向かいの椅子へと導いた。子供の頃のアリスはよくその椅子に座り、研究論文を書く父親のそばで大好きな本を読んでいた。

アリスは小さな体を抱きしめ続けていたが、フリンの短い泣き声を聞いて、腕から力を抜いた。

「大丈夫よ、パパ」アリスは頬を拭い、嘘《うそ》をついた。「いつかは表に出ると覚悟しておくべきだったわ。でも、そのことを考えたくなかったのよ」

「じゃあ、事実なのね？」リンは呆然《ぼうぜん》とした口調で尋ねた。「チャールズ・フォーチュン・チェスターフィールドがあなたの火遊びの相手だったのね？」

アリスはうなずいた。「彼がフリンの父親よ」

「写真の様子だと、単なる火遊びには見えないわ」

「最初はフリンのことをチャールズに黙っていたの。でも、彼には息子の存在を知る権利があると気づいたのよ。彼は数週間前にこっちに来て以来、時間を作ってはフリンと一緒に過ごしてくれていたわ」

リンは大きな机の端に腰かけ、娘の表情をうかがった。「あなたも一緒に？」

「ええ」アリスはつぶやいた。「わたし……」

「彼に恋しているのね」母親が続けた。「あなたが未来を思い描けないと言ったのは彼のことなのね」

アリスはパソコンの画面を指さした。そこにはチャールズのほかのガールフレンドたちの写真も並んでいた。「彼がデートしていた女性たちとわたしを比べてみて。まるで勝負にならないでしょう」

「そのとおり」父親が言った。「ほかの誰より、お前が一番きれいだ」

「それに、一番賢そうだわ」リンも同調した。

アリスは鼻を鳴らした。それでも、両親の親ばかぶりには頬が緩んだ。「彼はとてもいい人よ。マスコミで報じられているのとは大違い。わたしは彼といるのが好きだし、彼といる時の自分が好きなの。彼はフリンのいい父親になろうと努力しているし、わたしもそれを終わらせたくない。でも……」

ヘンリーは顎の前で両手を合わせた。「〝でも〟という言葉は好きではないな」

「彼はわたしがロンドンに住むことを望んでるの」

「まあ」リンは肩を落とした。「あなたがそうしたいなら、わたしたちは応援するわ。あなたとフリンがそんなに遠くに住むなんて想像もできないけど」

「お前はどうなんだ」父親が言った。「大西洋の向こう側へ引っ越したいのか、アリス？」

「わからないわ」アリスは小声で答えた。「わたしはチャールズのそばにいたい。でも、彼はフリンのためにわたしを求めているだけかもしれない」腕の中のフリンはいつの間にか眠っていた。アリスはその柔らかな髪をなでた。「ばかな話だけど、わたしは子供の母親として求められるだけじゃいやなの。彼にわたし自身を求めてほしいのよ」

「ちっともばかな話じゃないわ」リンが言った。

「お前の価値がわからないとしたら、そいつは愚か者だ」ヘンリーがぶっきらぼうに付け加えた。

「わたしたちには時間が必要だったの」アリスは続けた。「でも、世間に知られた以上――」

リンはパソコンの画面を一瞥《いちべつ》し、かぶりを振った。

「パソコンの電源を切って、ヘンリー。もうたくさんだわ」リンは娘に視線を戻した。「チャールズとは話をしたの？」

アリスは首を左右に振った。「まだ連絡が取れなくて。彼はホースバック・ホロウへ家族に会いに行ったの。彼には牧場で暮らすきょうだいがいるから、電波が届かない場所にいるのかも」

「つまり、彼がこの騒ぎを知らない可能性もあるわけね？」

マスコミの餌食にされてきた一族が、この騒ぎを知らないなんてことがあるかしら。でも、もし知っているとしたら、チャールズはわざとわたしを避けているということだわ。「断言はできないけど、たぶんそうね」アリスは頼りなげに息を吸い込んだ。「今日は職場の外でマスコミがわたしを待っていたわ。もし彼らがすでにわたしのアパートを突き止めていたら？　もしここにもやってきたら？」

ヘンリーは身を乗り出した。「ここにいる限り、お前は安全だ」

「明日までここにいたら？」リンが提案した。「あなたは疲れているみたいだし、あなた一人でマスコミに立ち向かうのは賛成できないわ」

「そうね、ママ。ありがとう」

「いいのよ、スウィーティ」リンは立ち上がった娘から赤ん坊を受け取った。「あなたの部屋に服が残っているわ。フリンはわたしが見ているから、着替えていらっしゃい。着替えがすんだら食事にしましょう」リンは片腕でフリンを抱き、もう一方の腕でアリスの肩を抱いた。「あなたがこの問題を乗り切れるように、わたしたちも応援するわ」

アリスは無言でうなずいた。口を開いたら、また泣いてしまいそうな気がしたから。シャワーをすませた彼女は、部屋にあったパジャマのズボンとTシャツに着替えた。フリンにミルクを与え、寝かしつけてから、両親と静かに食事をした。食事がすむと、両親は娘におやすみのキスをした。アリスがこれ以上話せる状態ではないことを察しているようだった。

ベッドに入る前に、アリスは改めて携帯電話をチェックした。相変わらずチャールズからの連絡はなかったが、留守電メッセージは満杯の状態で、画面には新着のメールが次々と表示されていた。マスコミも友人たちもなんとか連絡を取ろうとしている。まるで世界中の人がわたしと話したがっているみたい。わたしが聞きたい声の持ち主は別として。

光り続ける画面を見なくてすむように携帯電話をナイトスタンドの引き出しにしまうと、アリスは柔らかな枕に頭を預けた。シーツは母親が長年使っている洗剤の香りがした。実家にいるという安心感に少し心が慰められた。アリスは横向きになり、常夜灯の光を頼りに息子の様子を確かめた。フリンは眠りながら唇を動かしていた。自分と母親を取り巻く嵐に気づかないまま。

この子はマスコミに追われながら育つことになるのかしら？　フリンを守ると誓ったのに。わたしはチャールズに恋することで、その誓いを破ってしまったの？　もしロンドンへ移ったらどうなるの？わたしも毎日英国のマスコミに追われることになるの？　その時、誰がわたしを守ってくれるの？

静寂の中で疑念と不安にさいなまれながら、アリスはまたチャールズのことを考えた。彼は今もホースバック・ホロウにいるのかしら？　なぜわたしに電話をくれないのかしら？　マスコミの報道のせいで彼は考えを変えてしまったの？　わたしたちの未来は始まる前に壊れてしまったの？

16

「おい、ジェームズ・ボンド、カーブではスピードを落としてくれないか」ジェンセンが助手席のドアの手すりをつかんだ。このシボレーの大型トラックの持ち主だ。「ぼくのトラックはパワーがあるが、アストン・マーティンほど小回りが利かないんだ」

レドモンド・フライトスクール＆チャーターサービスのホースバック・ホロウ出張所の看板が前方に見えると、チャールズはさらにアクセルを踏んだ。

「お前がテキサスの田舎道でばらばらになっても、アリスとフリンは喜ばないぞ」

その言葉で、チャールズはようやく速度を緩めた。隠し子騒動が始まってからすでに一日近くが過ぎている。運の悪いことに、最初のニュースが報じられた時、彼は携帯電話を牧場に置いたまま、義弟のクイン・ドラモンドと遠乗りに出かけていたのだ。

アメリアとクインの家へ戻ったのはほぼ真夜中だった。そこでは、家族の大半が集まり、マスコミ対策について話し合っていた。ホースバック・ホロウのフォーチュン一族にはパパラッチもあまり近づかないが、騒ぎの中心地であるオースティンから、ルーシーがビデオチャットで知らせてきたのだ。

留守電メッセージを確認すると、アリスからの伝言が三件入っていた。彼女の口調は一件ごとに切実さを増していた。真夜中にアリスやフリンを起こしたくない。彼女には朝になってから電話しよう。そうチャールズは考えた。それが大きな間違いだった。

アリスの携帯電話は何度かけても留守電メッセージにしかつながらなかった。ついにチャールズは彼女の実家の電話番号を調べた。リン・メイヤーズは彼がチャールズ・フォーチュン・チェスターフィールドであることを信じなかった。だが、いったん信じると、娘一人を騒ぎの渦中に放置したことへの不満を言葉にした。

彼は必死に事情を説明し、アリスの状況を教えてほしいと懇願した。娘はマスコミから逃げるためにオースティンを離れる、とリンは答えた。それを聞いて、チャールズはパニックに陥った。リンは娘の行き先を教えなかったが、娘が電話に出ないのは、相手がマスコミかもしれないからだと言った。

早くアリスのもとへ行かなくては。彼女がフリンを連れて逃げる前に。ぼくは彼女を愛している。この思いを告げる前に彼女が消えてしまったら……。

今回の騒動で思い知った。ぼくはアリスを、そして彼女との暮らしを愛している。彼女がぼくの世界に合わせる必要はない。一緒に築き上げていけばいいんだ。なぜもっと早く気づかなかったんだろう？

とにかく、今は早くアリスを見つけなくては。

チャールズは急ブレーキでトラックを駐車場に停《と》めると、ジェンセンにキーを放って車を降りた。

オースティンまで送ると申し出たのは、母親の恋人オーランド・メンドーサだった。陸路では六時間かかる距離も、空路なら一時間ほどで移動できる。

アリスがオースティンを離れる前に到着できなかったとしても、彼女の行き先を突き止めることは可能だろう。でも、ぼくが彼女とフリンにふさわしい男であることを証明したいなら、何を差し置いてもアリスのもとへ行くべきだ。

「協力ありがとう」チャールズは兄に向かって叫び、走り出した。「問題が片づいたら電話する」

「一緒に行くよ」ジェンセンが追いかけてきた。

「ばか言わないでくれ。ぼく一人で解決できる」

「本気でアリスとの関係を修復したいなら――」

「本気だよ」

「だったら、支えが必要だろう」ジェンセンはにやりと笑った。「ぼくたち全員からの」彼は小さなターミナルビルのガラス窓を指さした。小型の単発機の横に、ブローディとオリヴァーとアメリアが立ち、オーランドと言葉を交わしている。

「嘘《うそ》だろう？」

「オースティンでは、ルーシーが車で待っている」

「みんな、アリスに会ったこともないのに」

「だからこそ、みんなで一緒に行くんだよ。お前が忠誠を誓う前に彼女に会っておきたいからな」ジェンセンが両開きのドアを押して中へ入った。

チャールズもあとに続くしかなかった。彼はきょうだいたちのお節介にいら立つと同時に、貴重な時間を割いて支えてくれることに感動もしていた。いずれにしろ、今は文句を言っているひまはない。

チャールズはコックピットにオーランドと並んで座った。自分の身の処し方について、きょうだいたちが討論するのを延々と聞かされたくないからだ。

絶好のフライト日和のうえに、オーランドは注意深く経験豊かなパイロットだった。髪は白髪交じりだが、顔は日に焼け、体もたくましく若々しい。今回の旅をこれほど短時間に手配できたのは、このセミリタイアしたパイロットのおかげだ。

チャールズは感謝を伝えるためにヘッドセット越しに話しかけた。オーランドはチャールズを見やって軽くうなずくと、オースティン郊外へ飛行機を向かわせ、短い滑走路に着陸させる作業に集中した。

着陸すると、オーランドが口を開いた。「幸運を祈る、チャールズ。きみの母親は、我が子と愛する女性のために闘うきみを誇りに思っているよ」

「母さんが教えてくれたんだ。愛には闘うだけの価値があると。でもぼくはのみ込みが遅いほうでね」

オーランドはにやりと笑ってから真顔になった。

「サー・サイモンのことはきみの母親から聞いている。彼もきみのことを誇りに思っているだろう」

相手の真摯なまなざしを受け、チャールズは胸がいっぱいになった。母にも同じことを言われたが、成人した子供を持つ父親と同じ年代の男性に言われると、実の父から認められたような気分になった。

もし父さんが生きていたら、オーランドに一目置いただろう。友達になっていたかもしれない。ぼくの父親は父さんしかいない。でも、母さんがまた幸せになるチャンスを得たのは喜ばしいことだ。

ターミナルを出ると、約束どおり全員が乗れる大きさのSUVを用意して、ルーシーが待っていた。

「どんな状況だ？」問いかけるチャールズをルーシーはすばやく抱擁した。アメリアとブローディとオリヴァーとジェンセンはSUVの後部座席に乗り込んだ。彼らが日帰りできるように、オーランドは飛行機とともに待機してくれる。チャールズは自分がオースティンに残れることを祈るしかなかった。

「アリスと連絡は取れた？」ルーシーが助手席に滑り込んだ。ハンドルはチャールズが握った。もどかしくて自分で運転しなければ気がすまなかったのだ。

「着陸直後にも電話したが、相変わらず応答はない。母親の話だと、彼女は相当動揺しているらしい」

「当然よ」ルーシーは前方に視線を据えた。

SUVは飛行場を出て、幹線道路を走り出した。「注目アメリアが後部座席から身を乗り出した。「注目を浴びながら育ってきた身でも、記事が出ると、いまだに動揺するものね。その気の毒な女性がどんな思いをしているか、想像することしかできないわ」

ぼくだってそうだ。アリスの気持ちを想像すると、不安と怒りと後悔で胸が苦しくなる。ぼくがもっと注意して、アリスとフリンを守るべきだったのに。

チャールズはアクセルを踏み込んだ。座席に投げ出されたアメリアが息をのんだ。

「もうしゃべるな」彼はうなった。「ぼくについてきたいなら、せめて口は閉じていろ」

ブローディが大声で笑った。「こいつ、日に日にアメリカ人っぽくなってくるな」

「道に放り出されたくないなら」チャールズはバックミラーに視線を投げた。「減らず口を叩《たた》くな」

意外にも、きょうだいたちは素直に黙り込んだ。

スーツケースを閉じたその時、チャイムが鳴ったが、アリスは驚かなかった。パパラッチの大半は表の通りで待っているが、ほかの住人の出入りを利用して建物に入り込む者もいたからだ。ドアを開けたとたんにマイクとカメラを突きつけられる。ほどなくアリスはチャイムを無視することを学んだ。

今朝早く、アリスは眠るフリンを連れて、実家からアパートへ戻ってきた。薄暗がりを利用して裏口から建物に入り、無事に帰り着くことができたが、こそこそと動き回る状態を好きにはなれなかった。

隠し子騒動はいつかは収まる。でも、無名の人生は二度と戻ってこない。世間から監視される毎日に、フォーチュン一族はどうやって耐えているの？

チャールズはもうニュースに気づいたかしら？彼の声を聞きたい。彼から電話があったかもしれないけど、わたしはひっきりなしの電話やメールにうんざりして、ここへ戻る途中、車の窓から携帯電話を捨ててしまった。ばかな真似《まね》をしたわ。昨夜ほとんど寝ていないせいで、頭がどうかしていたのね。

チャイムのあとは執拗《しつよう》なノックが続いた。ベビーベッドで寝ていたフリンが鋭い泣き声をあげた。アリスは息子を抱き上げ、玄関ドアを見すえた。ダラス郊外にいるおばを訪ねるつもりだったけど、ドアの前の記者たちを突破するにはどうすればいいの？

「そこにいるのか、アリス？」きびきびとした英国訛《なま》りの声が聞こえた。「ドアを開けてくれ」

一瞬、心臓が止まった気がした。アリスは安堵《あんど》感に包まれた。チャールズならパパラッチのあしらいかたを知っている。この地獄を終わらせてくれる。

安堵の次にやってきたのは激しい怒りだった。すぐに助けに来なかった彼に対する失望だ。

いいえ、わたしは助けを必要とする女じゃない。たとえどんなにそれを望んでいたとしても。

母親になって、独りでやっていく力があると自覚したはずよ。自分と息子のために闘う強さがあると。でも、闘って勝ち取る価値がわたしにあると、チャールズに証明できるだけの強さはあるかしら？

チャールズに思いのたけをぶつけよう。思いきってドアを開けたアリスは、目の前の光景に凍りついた。チャールズは一人ではなかった。彼の左右には女性が二人、男性が三人立っていた。アリスはすぐにわかった。チャールズのきょうだいたちだ。

パパラッチならまだしも、フォーチュン一族に包囲されるなんて。たくさんの貴族的な瞳に見つめられ、アリスは頭の中が真っ白になった。

「アリス、よかった。まだここにいたんだね」チャールズの言葉が彼女を現実に引き戻した。

「今から出るところよ」胸の中で様々な感情が渦巻いていたにもかかわらず、その声は自分でも誇らしいほど落ち着いていた。「騒動が峠を越えるまで、フリンと親戚のうちに身を寄せることにしたの」

「だめだ」チャールズの目に動揺の色が浮かんだ。

「なぜだめなの？」

女性の一人が身を乗り出した。アリスはその女性に見覚えがあった。はしばみ色の瞳をした長身の美女は、オースティンに住むチェイス・パーカーとの極秘結婚で、マスコミの集中砲火を浴びたチャールズの妹ルーシーだ。「下の通りには記者が大勢いるのよ。突破は不可能だわ」

アリスは肩をいからせた。「わたしはパパラッチに負けてうちに閉じこもったりしないわ」

「ガッツがあるな」男性陣の一人がチャールズの腕を突いた。「気に入ったよ」

「お前には過ぎた女性だ」チャールズの逆側にいた背の高い男性がつぶやいた。「うまくやれよ」

「何をうまくやるの？」アリスののどにヒステリックな笑いがこみ上げてきた。フォーチュン一族がずらりと並んで、わたしを見つめているなんて。彼女は嵐の中で錨《いかり》にすがるように息子を抱きしめながら、笑いたい衝動とパニックを押しとどめた。

「何一つうまくやれてない」チャールズが言った。

「確かに」下の妹のアメリアがそうつぶやくと、フリンの柔らかな頬を指でなでた。「かわいい子ね」

「ありがとう」

「チャールズから聞いたけど、フリンはあなたを寝かせないそうね」アメリアは微笑《ほほえ》んだ。「クレメンタインもそうだったわ。それで、わたし――」

「みんな少し黙ってろ」チャールズは怒りの視線を

周囲に向けた。「アリスとぼくに話をさせてくれ」

アメリアは即座に口をつぐみ、きょうだいたちとともにチャールズに期待のまなざしを向けた。

「行かないでくれ」チャールズはぶっきらぼうに言った。「きみはぼくとロンドンに来るんだ。向こうでなら、ぼくが守ってやれる。きみとフリンを」

アリスは小さく首を振った。「わたしはまだ同意していないのよ。考えさせてとは言ったけど――」

「きみは同意するしかない。今回の騒ぎが何よりの証拠だ。きみにはぼくが必要なんだ」

「わたしにはあなたが必要なの？」

思わぬ問いかけに、チャールズは戸惑いの表情を浮かべた。「フリンにはぼくが必要だ」

その瞬間、フリンが小さな泣き声をあげた。アリスの視線が赤ん坊とチャールズの間をさまよう。

「わたしが預かるわ」アメリアが両腕を伸ばした。

「フリンはわたしと一緒にいるの。わたしが母親なんだから」アリスは赤ん坊を抱えて後ずさった。善意だとしても、我が子を人に預ける気はない。

養育の面では、フォーチュン一族を頼ったほうがいいのは確かよ。マスコミからフリンを守ることもできる。でも、わたしはチャールズを愛している。報われない思いを抱えて一緒に暮らすなんてつらすぎる。彼はわたしたちが一緒にいるべき理由を並べたけれど、愛という言葉は一度も口にしなかった。

大きく息を吸い込むと、アリスはチャールズと視線を合わせてささやいた。「だめよ」

アリスのひとことに、チャールズは胸を締めつけられる思いだった。きょうだいたちからいっせいにため息がもれるのが聞こえた。

「あなたは立派な父親になれるわ」アリスは涙ぐんだ。「もちろん、これからもフリンと一緒に過ごしてほしい。でも、わたしはそれだけじゃだめなの」

それだけじゃだめ？　ぼくはすべてを差し出すつ

もりでいるのに、これ以上どうしろというんだ？

答えは一つ――ぼくでは不足だということだろう。

アリスが距離を望んでいるのは明らかだった。その距離を与えるために、チャールズは後ずさろうとした。次の瞬間、ルーシーが彼のわき腹をひじで突いた。「彼女にちゃんと話したの？」

チャールズは妹を一瞥《いちべつ》した。「何を？」

ジェンセンがチャールズの頭を小突いた。「鈍いやつだな。お前が彼女を愛していることだよ」

チャールズは兄の手を払いのけた。「やめてくれ」

彼はきょうだいの一人一人をにらみつけ、したり顔で応じる五人に向かってどなった。「ぼくが彼女を愛していることは彼女も知っているはずだ」

「あなたはわたしを愛しているの？」

彼はアリスのほうに向き直った。「ぼくと一緒に英国に来てくれと言っただろう。ほかにどんな理由があって、そんな申し出をするんだ？」

「フリンを守るためよ」アリスは即答した。

ルーシーが兄の背中を押した。「ほら、言って」

もちろん、ぼくはアリスを愛している。決まっているだろう？ だが、チャールズはふいに気づいた。その言葉を口にしたことは一度もなかった、と。

チャールズは誰に対しても愛していると言ったことがなかった。母親には言ったかもしれない。子供の頃に。でも、大人になってからは一度もない。デートをした女性たちにも。二度の婚約中にも。

アリスにはすでに拒絶されている。だったら、ここはあきらめて撤退するべきかもしれない。ぼくがもっとばかな真似をする前に。それをきょうだいたちに見られる屈辱を味わう前に。

その時、声が聞こえてきた。亡き父親の声に似ている気がした。〝お前は目の前のこの女性のために闘うと誓ったんだろう？ お前が彼女にふさわしいことを証明しろ。両親が誇りに思うような男になれ。

たとえ傷つくことになったとしても、すべてを賭けるべきだ。この女性にはそれだけの価値がある〟

アリスをアパートに押し込んで、ドアを閉めたい。きょうだいたちのいないところで、アリスと二人きりで話したい。でも、だめだ。これは今ここでやるべきことだ。こそこそせずに。

「ぼくはきみを愛している」チャールズはかがみ込んでアリスと視線を合わせた。彼女の美しい瞳には警戒の色がある。「あの最初の日、公園のベンチに座った時から愛し始めていたんだと思う」

アリスの唇の片端が上がり、はしばみ色の瞳が潤んだ。「本当に？」

「きみと出会うまで、ぼくは北極星の本当の意味を理解していなかった。きみはぼくの道しるべだ。闇夜を照らすひと筋の光だ。きみと一緒なら、ぼくはよりよい人生の選択ができる。きみのおかげで、ぼくは思いもよらない自分の可能性に気づいた」チャールズは肩越しにきょうだいたちを見やった。彼らは通路の反対側の壁に身を寄せ合って立っていた。

「みんなが考えているよりも上等な男になれると」

「あなたはそのままでも充分に上等よ」アリスのささやく声が彼の背中を押した。

「きみといる時だけだよ」チャールズは彼女の唇に軽くキスをした。「ぼくはきみを守りたい。でも、それはきみが頼りないからじゃない。昔、父さんに教わったんだ。大切な人を守ることは最高の愛情表現の一つだと。それに、ぼくにはきみが必要なんだ。ぼくを愛してくれないか。失敗ばかり繰り返す男だけれど、気長に付き合ってくれないか」

二人の兄のどちらかがせき払いをし、〝いまいちだな〟とつぶやくのが聞こえた気がした。チャールズは気持ちを切り替え、アリスだけに集中した。

「でも、ぼくは努力する。失敗は一つずつ乗り越えていく。きみを幸せにする。きみとフリンにふさわしい男になる。そのチャンスをぼくに与えてくれ」

「具体的にはどうしろというの、チャールズ？」

アリスの瞳の中で感情が躍動していた。彼への愛情、献身、忍耐。それを見て、チャールズの中にあった不安と疑念が消えていった。

ケイト・フォーチュンのことがチャールズの脳裏に浮かんだ。彼はポケットに手を入れ、ケイトからもらった指輪の入ったベルベットの小箱を探った。母親に見せるためにホースバック・ホロウへ持っていき、そのまま持ち歩いていたのだ。

チャールズはためらうことなく片膝を突き、繊細な指輪を取り出した。

背後で息をのみ、鼻をすする音がした。ルーシーに違いない。チャールズはそれを無視して、アリスのはしばみ色の大きな瞳を見つめ続けた。

「アリス・メイヤーズ、どうかお願いだ。ぼくの妻になってくれないか？」

「ええ、いいわ」アリスはささやき、彼が指輪をはめやすいようにフリンを抱き直した。「愛しているわ、チャールズ。心の底から」

「ちゃんとキスできるように、ぼくがその子を預かってやろうか？」ジェンセンが弟を小突いた。

「兄さんの助けがなくても、二人に完璧なキスができるよ」チャールズは言い返してから、アリスとフリンをまとめて抱擁した。

チャールズがアリスにキスをすると、フリンは声をあげて笑い、まるまるとした指で両親の頬を突いた。きょうだいたちから歓声が起こった。

「チーム・フォーチュン・チェスターフィールドね」アリスが唇を重ねたまま言った。

「ぼくたち三人は一つなんだ」そう言うと、チャールズは再びアリスにキスをした。これがぼくの未来……ぼくの家族だ。ぼくはアリスとフリンを放さない。全身全霊を傾けて二人を守っていく。

エピローグ

「緊張しているの？」チャールズが再び深呼吸するのを見て、アリスはきいた。

チャールズが彼女に愛の告白をした三日後、二人はアリスの実家の前の歩道に立っていた。二人を取り巻く報道合戦は下火になっていたが、チャールズがアリスに対する愛情をオープンにして、彼女との婚約を発表したことで、再び勢いづいていた。

チャールズの妹のルーシーとアメリアは、アリスにタブロイド紙との上手な付き合いかたを伝授した。フォーチュン一族のサポートがあると思うと、アリスもチャールズの生活の公的な部分にうまく対処する自信が持てるようになった。だが、目の前にいる
チャールズは明らかに落ち着かない様子だった。

彼はベビーキャリアを片腕で支え、空いたほうの手で髪をかき上げた。「もちろん緊張しているよ。これからきみの両親に引き合わされるんだから」

アリスは彼の手を引っ張り、舗装された道を進んだ。「あなたは国家元首や国際的大企業のCEOや世界のセレブと会ってきたんでしょう。うちの父と母はオースティン郊外に住む平凡な夫婦よ。その人たちを相手に、なぜあなたが緊張するの？」

チャールズは立ち止まり、アリスを引っ張って振り向かせた。「きみにとって大切な人たちだからだよ、アリス。ご両親はきみを愛している。ぼくもきみを愛している。ともかくご両親がぼくを気に入ってくれるといいんだけど」彼は顔をしかめた。「ぼくたちの交際は規定のスケジュールに従っていないだろう。子供が生まれて、婚約して、それからご両親に会うなんて、本末転倒だからね」

アリスは声をあげて笑い、さっと彼にキスをした。

「両親はわたしの幸せを望んでいるわ。あなたはわたしを幸せにしてくれるんでしょう」

チャールズは二人の額を合わせた。アリスは彼の緊張が少しだけ解《ほぐ》れたのを感じた。アパートでのあの午後以来、彼がアリスに示す愛情は深まるばかりだった。愛していると言葉にしたことで、彼の中の何かが解放され、心の壁が跡形もなく崩れたのだ。アリスは今チャールズに触れられるたびに、彼が完全に自分のものになったことを実感していた。愛されている喜びで、胸がはち切れそうだ。

遠慮がちなせき払いが聞こえ、振り返ると、玄関口に両親が立っていた。チャールズが心配するようなことは何もないと、アリスはわかっていた。

アリスの両親が近づいてくると、チャールズは片手を差し出した。「ミスター・アンド・ミセス・メイヤーズ――」

母親がそれをさえぎり、二人を温かいハグで出迎えた。「わたしのことはリンと呼んで。アリスがあなたと出会えて本当によかったわ、チャールズ。あなたなら、きっと娘を大切にしてくれるでしょう」

母親の信頼がチャールズに自信を与えたようだ。

「生涯をかけて」彼はリンにハグを返した。「大切な宝物として、ぼくがお嬢さんを守ります」

「あら、まあ。それなら完璧ね」母親は息が苦しいかのように胸に片手を当てて一歩後ずさった。

「また〝チャールズ効果〟が現れたわね」アリスはつぶやき、彼と二人だけのジョークに微笑《ほほえ》んだ。

ヘンリーはチャールズと握手をした。妻のような二つ返事ではないが、父親なりの静かな形で賛成を示し、チャールズに言う。「きみたち英国人が独立戦争についてどう学ぶのかを知りたいね」

「それについては喜んで議論させてもらいます」チャールズはそう言い、ヘンリーを微笑ませた。その瞬間、アリスは絆《きずな》の固い自分の家族にチャールズがうまく溶け込めることを確信した。

その時、ベビーキャリアの中でフリンが声をあげ、リンは三人を家の中に招き入れた。

一時間後、チャールズはキッチンに行った。そこではアリスが母親を手伝い、夕食の準備をしている。

「万事順調？」アリスはきいた。父は家に入るなり、チャールズを書斎に引っ張っていった。父が話題をアメリカ史だけに留《とど》めて、チャールズとわたしの関係を厳しく追及していないといいけど。

「大丈夫だよ」チャールズはそう答えながらも、落ち着かなげに髪をかき上げた。何かあるらしい。

「ちょっと外で話せないかな、アリス？」

サラダ用の野菜を切っていた母親が目を上げた。

「ローストが仕上がるまで十五分あるわ。ここのことはわたしがやっておくから」

アリスの鼓動が急に激しくなった。フリンを抱き上げると、チャールズに続いてフレンチドアを抜け、裏庭に面した屋根のあるパティオに出る。「何かあったの？　うちの父が――」

「お父さんはきみを愛している」チャールズはアリスの手を取り、指先を口もとへ運んだ。きみのご両親は、きみとフリンを心から愛している」彼はもう一方の手で赤ん坊の柔らかな肌をなでた。「あの二人からきみたちを取り上げるなんて想像できない」

「あなたがいるところがわたしの家よ」アリスはジーンズの後ろのポケットに手を入れた。「今日、これが届いたの」真新しいパスポートだ。「フリンの分もあるわ。だから、荷造りができしだいロンドンへ向かうことができるのよ」感情があふれそうになり、アリスはぎゅっと目を閉じた。

その言葉に嘘《うそ》はなかった。英国へ引っ越してチャールズと暮らすことにはなんの疑問も抱いていない。彼の愛を確信しているからだ。ただ、これまで築き上げてきた生活を捨てることはいまだに想像しがたかった。この一年で成長した自分を誇りに思っている。でも、それ以上に、チャールズと未来を築くことにわくわくしている。

目を開けると、彼が優しいまなざしで見つめていた。アリスは目頭が熱くなった。「大丈夫よ」

「見せたいものがあるんだ」チャールズが携帯電話を取り出し、彼女に画面を見せた。「どう思う?」

煉瓦《れんが》造りの立派な二階建ての家の写真だった。切妻壁、濃紺のスレート屋根、銅製の樋《とい》。大邸宅ではないが、アリスが住んだことのあるどの家よりも大きく、時代を超越した雰囲気を漂わせていた。写真は真夏に撮られたらしく、家のわきの庭では色とりどりの花が咲き乱れている。家に巡らされたベランダには楡《にれ》の大木が日陰を作っていた。

「すてきね」アリスはチャールズの手に自分の手を重ねた。「でも、英国のマナーハウスじゃなくても、わたしは幸せに暮らせるわよ」

「それならよかった」彼はアリスにキスをした。「この家はここ——オースティンにあるから」

アリスがぽかんと口を開ける。彼はその顎の下に指を当てて口を閉じさせた。「カウボーイハットをかぶる気はないが、きみとフリンをご両親から引き離すつもりもない」彼はにやりとした。

「チャールズ、ありがとう」

アリスが彼の首にしがみつくと、チャールズは彼女をしっかり抱きしめた。

「ぼくのほうこそありがとう。ぼくの帰る場所になってくれて。きみはぼくのすべてだ。きみなしではいられない。愛しているよ、アリス」

「わたしも愛してるわ、チャールズ。心の底から」

チャールズが母子《おやこ》を抱き寄せ、フリンが大きな声をあげて笑った。アリスはしみじみと感じた。ここがわたしの居場所なんだわ。

ハーレクイン®

英国紳士との秘めた絆
2018年10月5日発行

著　　者　ミシェル・メイジャー
訳　　者　大田朋子（おおた　ともこ）

発 行 人　フランク・フォーリー
発 行 所　株式会社ハーパーコリンズ・ジャパン
東京都千代田区外神田 3-16-8
電話 03-5295-8091（営業）
0570-008091（読者サービス係）

印刷・製本　大日本印刷株式会社
東京都新宿区市谷加賀町 1-1-1

デジタル校正　株式会社鷗来堂

ISBN978-4-596-51822-4 C0297

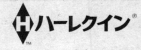

10月12日発売　ハーレクイン・シリーズ 10月20日刊

ハーレクイン・ロマンス　愛の激しさを知る

恋も愛も知らないまま	サラ・クレイヴン／泉　智子 訳	R-336
氷の伯爵と花売り娘	ロビン・ドナルド／春野ひろこ 訳	R-336
大富豪の秘密の愛し子	タラ・パミー／山本みと 訳	R-336

ハーレクイン・イマージュ　ピュアな思いに満たされる

恋はつぼみのままで	スーザン・メイアー／川合りりこ 訳	I-2535
やどりぎの下のキス (ベティ・ニールズ選集22)	ベティ・ニールズ／南　あさこ 訳	I-2536

ハーレクイン・ディザイア　この情熱は止められない!

白紙にしたはずの愛	ジョス・ウッド／清水由貴子 訳	D-1823
愛なき結婚の果てに (ハーレクイン・ディザイア傑作選)	イヴォンヌ・リンゼイ／中野　恵 訳	D-1824

ハーレクイン・セレクト　もっと読みたい"ハーレクイン"

失われた記憶ー契約結婚	アン・ハー／山口絵夢 訳	K-574
追いつめられて	シャーロット・ラム／堀田　碧 訳	K-575
運命のバルセロナ	ルーシー・モンロー／中野かれん 訳	K-576

文庫サイズ作品のご案内

◆ハーレクイン文庫…………毎月1日発売

◆MIRA文庫………………毎月15日発売

※文庫コーナーでお求めください。

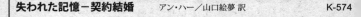

ハーレクイン・シリーズ おすすめ作品のご案内

10月20日刊

『恋も愛も知らないまま』

サラ・クレイヴン

1年前、ハンサムな富豪ザンダーに純潔を捧げた翌朝、怖くなって逃げ出したアラナ。傷心が癒える頃、彼と予想外の再会を果たす —— 新しい上司と部下として。

◉R-3364
ロマンス

『氷の伯爵と花売り娘』

ロビン・ドナルド

花屋の店員イレーナはダンスパーティで欧州の小国の伯爵ニコと出会った。支配的な彼に抗いつつもお金のために彼の屋敷で働き始め、やがて誘惑の罠に……。

◉R-3365
ロマンス

『白紙にしたはずの愛』

ジョス・ウッド

セージは世界的に有名なタイスと恋に落ちたが、愛する人を失う悲劇を二度と味わいたくなくて別れを告げた。3年後、彼との再会と予想せぬ妊娠に見舞われる。

◉D-1823
ディザイア

『恋はつぼみのままで』

スーザン・メイアー

父が決めた許婚との結婚式から逃げ出したモーガン。皮肉にも、父に頼まれ連れ戻しに来た追っ手の美しきスペイン富豪リカルドに人生初のときめきを覚え……。

◉I-2535
イマージュ

『ハロー、マイ・ラヴ』(初版：R-749)

ジェシカ・スティール

ホイットニーは派手なパーティになじめず、逃げ込んだ寝室で眠ってしまう。目覚めると、隣には館の主の大富豪スローンが、肌もあらわに横たわっていて……。

◉PB-240
プレゼンツ・作家シリーズ別冊

※予告なく発売日・刊行タイトル・表紙デザインが変更になる場合がございます。ご了承ください。

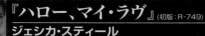